オールラウンダーズ!!
ALL ROUNDERS!!
2
転生したら幼女でした。
家に居づらいので
おっさんと冒険に出ます

インドラ・
スプリンコート
元伯爵令嬢。人嫌いな側面を持つものの、
ソードと出会い全力で冒険を楽しむように。
ソード
【迅雷白牙】の二つ名を持つSランク冒険者。
インドラの破天荒さにも難なく付き合える
良き相棒。

リョーク
インドラの作った可愛い可愛い蜘蛛型ゴーレム。
シャド・
ジルバスター
アレクハイド王の側近。アレクハイドに絶対的忠誠を誓う。陰険ドSな性格。
アレクハイド・
フーランド
現フーランド国王。前国王の突然の崩御にて即位した。その昔、ソードに助けられたことがあり……!?

「非常識すぎるお前がいて、ようやく人生が楽しくなってきた！」
ソードと視線を合わせると、笑い合った。
「では、行くぞ！」
「うっひょー！　やりますよー！」

オールラウンダーズ!!

ALL ROUNDERS!!

2

転生したら幼女でした。
家に居づらいので
おっさんと冒険に出ます

AUTHOR
サエトミユウ
ILLUST
又市マタロー

口絵・本文イラスト
又市マタロー

装丁
百足屋ユウコ＋モンマ蚕（ムシカゴグラフィクス）

ALLROUNDERS!!

CONTENTS

一章

…………ふぁあ。

車窓から見える景色は、あくびが出るほどのどかだ。

先日、私たちは芋虫型多脚駆動ゴーレム【シャール】に乗って意気揚々と、ここフーランド王国の王都へと出発した。

家を飛び出し貴族令嬢から冒険者になった私。ぜひともワクワクするような冒険を繰り広げたい！　とパートナーであるSランク冒険者のソードにねだると、ソードはまず王都に行くことを提案したのだ。前回は魔物を捕まえるというアクシデントがあったため途中で引き返し、仕切り直して王都へレッツゴー！

ソードはこの国最難関である王都のダンジョンを二人で踏破して、ワクワク感を楽しみたいらしい。ついでとして、先行で王都に向かっている商人ベンジャミンことベン君が、うちで造った酒を王都で開催されるオークションに出すので、向こうで合流して結果を聞く予定だ。

私もソードも自分たちの足で走った方が正直速いのだが、旅は急ぐものではないし、それにベン君に王都にいる間の借家の手配等をお任せしているため、彼よりも先に到着してはいけないのだ。

ゆっくり走行して、道中に襲いかかってくるあれやこれやの厄介事を楽しもうっと。

――と、トラブルを楽しむ気でいたのだが、順調過ぎて何も起きない。退屈だなー。

同じく退屈したらしいソードが「歌え」とか言い出した。楽器も持ってきたってよ！

「………。私は別に歌姫を目指してはいないので金を取らないが、私ほどの美幼女が歌を歌うのだったら普通は金を取るモノなんだからな？」

そう言い添えて歌ってやった。

そんな私を見てソードが笑う。

「お前って、歌ってると踊り出すよな。それも別世界では普通なのか？」

「別世界で普通かどうかはわからんが、この身体《からだ》は歌っているとなぜかこうなるのだ」

自分でも変だなーとは思う。車中だからまだそこまでではないけれど、外で歌ったらもっと派手に動くだろう。

しばらくして、ソードが二輪駆動ゴーレム【ブロンコ】に乗りたいと聞こえるように言った。

「ならばシャールをオート操縦で走らせるから、私をブロンコの後ろに乗せてくれないか？」

その提案にソードがすぐさま乗ってくる。

「オート操縦って、運転手がいなくても勝手に走るってことか？」

「お前がブロンコを走らせたいと言い出すであろうと予想していたので、シャールに自動追走機能をつけた。まぁ、私がシャールを運転してもいいのだが……」

ソードは身長が高い。比例して足も長い。

つまり、幼女の私ではペダルに足が届くかわからない！

座席の位置は調節可能だが、そうは言ってもソード専用車、限界があるからなぁ。

シャールを作ったときは、自分で運転することを考慮に入れていなかったのだ。

リモートコントローラーって手もあるのだけれどね……。

車中でリモコン運転。邪道過ぎて絶対嫌だ。

なので、シャールをオート走行モードにし、ソードの後ろに乗ってタンデムツーリングした。

流れる風を浴びながら私はつぶやいた。

「うん、気持ちがいいな」

その声が聞こえたらしく、ソードがテンション高く返す。

「だよな！　よくもまぁ作ってくださいましたありがとうございます！」

そんなに好きか。

「それは作ったかいがあった。私は久しぶり……いや、初めて乗ったな」

この感覚は己の足で走るのとは違い、疾走感がある。実際は走った方が速いんだけどね！

「……前いた世界でも、こうやって男と乗ったのか？」

そっとソードが聞いてきた。どことなく気遣うようなその声音を私は不思議に思いながら返答した。

「いや？　この乗り物が好きな仲間と乗ったのだ。楽しみは、同じ趣味を持つ連中と分かち合うのが一番だ。特にこの乗り物はかなり趣味が偏るので、そうたくさん仲間はいなかった」

「そうか」

ホッとしたように言うので、今度は私が尋ねた。

「どうした？　唐突に」

「いや別に。お前が懐かしそうな声を出したから、またなんか思い出したのかと思ったんだよ」

私が泣くと思ったのかな？　気を遣わせてしまったようだ。

「懐かしいとはまた違うな。知識としてはあったが、今日初めて体験した感覚に感動したのだ。そもそも知識にあるのとは違う形だしな。知識にあるバイクは飛蝗《ばった》のような形をしていて……」

ソードが私の言葉を遮って怒鳴った。

「お前が飛蝗を作らなくて良かったわ！　このデザインにしてくれてありがとうございます！」

ええーなんでぇ？　飛蝗の形もかわいいよ？

王都に向かう道中ですれ違う人々に、シャール及びリョークを見るだに驚かれ、悲鳴を上げられたりするのだが、お決まりの挨拶《あいさつ》を街宣カーのごとく流すと、ゴーレムと納得してくれている……ようだ。

『ソードさん専用』っていうセリフが効果てきめんらしい。

私が最初に作った学習機能を備えた蜘蛛《くも》型思考ゴーレム【リョーク】は、着々とさまざまなことを学習している。最近では、私がよく歌っていたからか歌まで覚えたよ！　そして歌い始めたよ！

私のレパートリーの中で、【ちびっ子冒険者】という歌を気に入ったソードがたびたびリクエストしてくるからか、まずそれを覚えた。

以来、私のお供の青緑リョークとソードのお供の白リョークは、周りに冒険者がいるとシャールの上に乗って「これから、僕の歌をお披露目するよー！」と宣言して歌うのだ。

最初は皆、何事かと口を開けてリョークを見ているが、歌い終わると喜び拍手喝采《かっさい》する。

――とまぁ、そんな感じで私たちの旅路は、退屈なほどにいたって順風満帆なのだが、ベン君一行の旅路はかなり難儀しているらしい。

シャールを魔物だと勘違いする輩《やから》に攻撃され、ゴーレムだとわかると今度は強奪されそうになるという。盗賊にも今まで以上に襲われているらしい。ブロンコなんか、数え切れないほど盗まれそうになったとか。

おっかしいなー。『Sランク冒険者』ってのは結構な肩書きだって言うから、シャールのお決まりの挨拶に「僕はこう見えてSランク冒険者ソードさんの仲間なんだよ！　エッヘン！」っていうセリフまで追加したのに。

この間なんか、ベン君から『検問所で、役人に積み荷を奪われそうになっている』と無線連絡が届いたのだ。

私は、最高スピードで救出に駆けつけるぞ！　と気合いを入れ、ベン君に向かって無線で怒鳴った。

『今すぐそっちへ向かうぞ！　なんなら積み荷を盗ませろ！　私が即到着し、ソイツらの皮膚を生きたままはいでやる！　それをソイツらの家の壁に貼り付けてやるぞ！　大丈夫！　私自らが作った回復薬があれば、多分治る！　試したことないから、人体実験にもちょうどいいな！　あとどんな拷問があったかな？　……まぁいい、着いたらいろいろ試す！　ソイツらの名前を聞き出しておけよ！　人相で突き止めてもいいけどな！　ウッヒョー！　テンション上がってきたぁ‼』

……って会話を、ベン君は役人に向けてスピーカーから大音量で流したそうだ。

私の興奮するさまを横で見ていたソードは、はぁ、とため息をつくと、私からマイクを奪い取り、説得に見せかけた脅しをかけた。

『あー、Sランク冒険者のソードだ。今の相棒のセリフを聞いてわかったと思うが、コイツは命はとらずに結果無事なら何をしてもいいと思ってるやつだ。死んだ方がマシって目に遭いたくなかったら、ふざけたことはやめておくんだな』

『ソードさーん。その前にインドラ様のセリフを聞いて、連中がみんな逃げ出しましたー』

と、ベン君が言ったので、私はソードからマイクをひったくった。

『積み荷は？　盗まれたのか？　盗まれたんだよな⁉　今から行く！　私の実力ならダーティラットを捕まえるよりも簡単に全員を捕まえられるぞ！　捕まえたらソイツらで遊ぶ！　人の物を盗むような連中はダーティラット以下に扱って良いはずだ、なにせダーティラットは物を盗まないからな！　よーし、少し待っていろ、すぐ行くぞ！』

ソードが走り出そうとした私の襟首をつかむ。

『ちょっとやめて。お前、本気だろ』

『当たり前だ！　この間はお前の師匠とやらの悪漢連中に何も出来なくてつまらなかったからな。ソイツらを思う存分いたぶってやる！』

ソードともめていたら、ベン君から無線が入った。

『あー、インドラ様。盛り上がってるトコ悪いんスけど、盗まれてません。あとー、捕まえたリーダー格らしき男が、土下座してわびてきましたー』

会話を聞いた役人の大半は逃げ出したが、リーダー格らしき男をベン君の護衛を請け負った冒険者パーティ【明《あ》け方《がた》の薄灯《はくとう》】が捕まえたそうな。

その後のベン君の連絡によると、リーダーは検問所の責任者（かなり上の人）だったそうで、ソイツが土下座してわびてきて、お願いだから私を来させないでくれと泣いて懇願《こんがん》されたらしい。

積み荷も無事なので憲兵に引き渡すだけで勘弁してやり、逃げ出した連中の素性はリーダーがベラベラと白状したため憲兵が全員捕らえたそうだ。

……なんでそういう心躍るような出来事が、私たちにはないのかにゃ？


途中の町の冒険者ギルドに寄ったとき、ソードが急に手をポン、と打った。

「ちょうどBランク試験やるってよ。参加してこい」

「お祭りやるから参加しよ？」みたいなノリで言ってきたよこの人。もう慣れたけれど。

私はソードに試験概要を聞いてみた。

「Bランク試験は、またダンジョンか？」

「いや、脅威度Bランクの魔物を倒すんだよ。魔物はギルドが手配するんだが、何が出てくるかはそのとき次第だな。ま、何が出てこようがお前なら余裕だろ」

ソードの説明を聞いて私は眉根《まゆね》を寄せた。

えー？　捕まえた魔物を倒すぅ？　なんてかわいそうなことをする試験なのだろう。

「私は、心ない人間に捕らえられているおびえた魔物を倒したくないのだが……」

「倒さずとも従えさせりゃ、合格に決まってんだろ」

ってソードに言われたが、とっても気乗りがしない。

しぶしぶ受付で申し込んだら、受付嬢が私の顔をまじまじと見つめた。

「……あの、試験は一人ですよ？」

と、当たり前のことを尋ねられたので私はうなずいた。

「知っているぞ？　コイツはもうSランクだから、私もとっとと追いつかないといけないんだ。

……とはいっても次回ドラゴンが王都を襲うまで、どうやってもAランク止まりなのだがな」

私の言葉にソードが深いため息をつき、受付嬢は絶句する。

「………かしこまりました。試験を受領いたします」

それ以上何も言わない受付嬢に受理され、私は試験を受けることとなった。

Bランク試験に挑むのは私を含めて三組だ。申し込み順らしく、私は最後だった。

この試験は、よほど自信のあるパーティでなければ挑まないらしい。

なぜなら死ぬから！

「出来るだけ強くておびえない魔物にしてくれ」

そう試験官に念を押し、控え室でソードと共に待機をしていると、途中途中でソードが呼び出される。しまいには扉付近でギルドの人ともめていた。

「特級は白金貨だぞ？　払えるのか？」

というソードの声が聞こえてきたので近くに寄ったら、ソードはギルドの職員に回復薬らしきものを渡している。

「んんー？　どうした？」

声をかけると、ソードは私にお金を見せた。

「お前の作った特級回復薬を売ったぞ」

私は驚いた。効果を確かめていない薬を白金貨で売ったの？

「その回復薬はまだ実証していないぞ。人体実験に使うなら、金は取らない方がいい」

私の返答を聞いてソードは何か言いかけたが、思い直したようにうなずいた。

「そっかよ。――つーことで、作ったやつが無料でいいってよ。ラッキーだったな」

ソードがお金を返すと、ギルドの人は私と手元の薬を見比べながら去っていった。

私はその後ろ姿を見ながらソードに尋ねた。

「けが人が出たってことか？」

「まぁな」

ソードが首肯したので、傷薬と熱冷ましと化のう止めをマジックバッグから取りだして渡した。

「ならば、これもおまけで付けてやれ」

ソードが薬を見て眉根を寄せる。

「おい……。いくらなんでもお人よしが過ぎるだろうが。聖女様は安く卸してたようだけどな、お前までそれを見習わなくてもいいんだよ」

私は首を横に振ってソードの意見を否定する。

「人体実験の結果を知りたいんだ。お前にぶっつけ本番をしたくない。『無料にするから効果を教えてくれ』と伝えて渡せ」

「……そういうことかよ。了解」

ソードが頭をかきながらギルドの人を追いかけていった。

ソードと入れ替わりで試験官が呼びに来る。私の順番がきたのだ。


案内されて向かった試験場は、観客席のない闘技場のようなドーム形の場所だった。

試験官が私に念を押す。

「本当に一人でいいんだな?」

「当たり前だ。ちゃんと強い敵を用意したか? 気が強い、ってだけでもいいからおびえない敵を用意しろ。でないと、殺さないからな?」

私が言うと、試験官が苦々しい顔になった。

「そりゃ、【迅雷白牙《じんらいはくが》】と一緒なら、魔物はおびえるだろうがな……まぁいい。あの【迅雷白牙】のパートナーに選ばれたというのなら、その実力を見せてみろ」

そう言った試験官の運んできた魔物が……。

「マンティコア、だったかな？」

ぎゅーっと顔をしかめている猿、みたいなでっかい魔物だった。あ、ナマハゲっぽいな！

尻尾《しっぽ》はサソリのはずだが、サソリというよりタンポポの綿毛みたいな先端をしているな。

試験官が、何度目になるかわからない念を私に押す。

「かなり気が立ってるからな、気をつけろよ。号令と共に、隷属《れいぞく》の首輪の効果を切る。危険だと思ったら、こちらの判断で【迅雷白牙】に参入してもらうからな！」

マンティコアはごっつい首輪を付けていた。あれがきっと隷属の首輪なのだろう。

「わかった。いつでもいいぞ」

私は試験官にうなずいた後、マンティコアに向き直った。

中々に凶悪そうな魔物だ。どんな案配で楽しませてくれるかな？　ワクワクする！

「……はじめっ！」

試験官の号令と共に首輪がポトリと落ち、マンティコアが吠《ほ》えた。

そして尻尾から針を撃ち出してきたので、木刀で一閃《いっせん》。全部たたき落とす。

その間に走ってきたマンティコア、私が迎え討つ十歩くらい手前でピタリと止まった。

――だけではなく、伏せをした。

私はしばらく構えたまま、首をかしげた。

……なんだろう、そのポーズ。新たな攻撃だろうか。

隙を探しているのかな？　尻尾を股《また》に隠しているし……不意をついて針を撃ち出すつもりとかなのか？

わからないまま一歩踏み出したら、あわれっぽい声音で「きゅーん」って鳴いた。「きゅーん」って！

「……おい？　さっきまで殺《や》る気満々だったじゃないか。なぜおびえる？　私はまだ何もしていないぞ」

マンティコアにそう言いつつ近寄ったら、懸命に伏せをしながらジリジリ下がる。

そして壁にぶつかって、震えながらきゅーんきゅーんと鳴いた！

えぇー……。そんなオチって……。

私は戦意を喪失。ガッカリして肩を落とし、試験官を見た。

「おい試験官。私は『おびえない魔物を出せ』と言っただろうが。あんなふうに震えている魔物は、私には殺せないぞ！」

私はマンティコアを指さしつつ、試験官に向かって怒鳴る。

「え？　いや？　あれ？　なんで？」

一部始終を見て呆気《あっけ》にとられていた試験官は、支離滅裂に疑問を投げかける。

私は試験官に念押しをした。

「もっと強くておびえない魔物を出してくれ。魔物は強者が分かるらしく、隠れていたのを見つけたとか、不意打ちで出くわしたとかでない限り私は出合うことすら出来ないんだ。だから、もっともっと強く向こう見ずな魔物を出せ！」

試験官は困った顔で休止の合図をした後、ソードを交えて協議に入った。

私はおびえている魔物をなだめる。

「よしよし、しょうがないやつだ。針を撃ち出してきたのは不問にしてやる。大人しく檻《おり》に戻っていろ。殺さないから、そう震えるな」

なでてから檻にそっと押しやったら、大人しく入っていった。

うん、無理。殺せないぞー？

しまったな、こんなことでBランク試験がクリア出来ないとは。もういっそ、アレが倒せる人間を出してもらってソイツをたたきのめせばいいんじゃないかな？　となると、該当者が現在一名……。

――とか考えていたら試験官が寄ってきた。

「【迅雷白牙】にも確認し、絶対におびえない魔物を急遽《きゅうきょ》『召喚』することにした。ただ、この魔物は脅威度Aランクのデーモンで、今この場にいる者で倒せるのは【迅雷白牙】のみだ」

試験官が暗く重々しい口調で言ったので、私も重々しくうなずく。

「私は相手がおびえなければ、魔物だろうが強者がわからないバカな冒険者だろうが倒せるぞ。ソイツを召喚してくれ」

すると、数人の魔術師っぽい人たちが現れた。指定場所らしき位置について詠唱をし始めると、地面に魔法陣が浮き出たよ！　ちょっとかっこいいかも。

「召喚したあと、五分間でなんとかしろ。それ以上経ったら【迅雷白牙】に参入してもらって速やかに倒してもらうからな」

試験官は相変わらず重苦しい口調だ。なぜか悲愴《ひそう》感まで漂っている。試験を受けるのは私なんだから、試験官が気負わなくてもいいのに。

「わかった」

うなずき魔術師たちを眺めると、彼らは大汗をかきながら真剣な顔つきでずっと詠唱している。なにやら大変そうだし長くかかりそうなので、あぐらをかいて待機した。


一時間後。発動した。

「おぉ！　おめでとうございます‼」

私は思わず拍手し、魔術師たちもやりきった！　みたいな顔をしていた。おつかれさまです。

魔法陣が光り輝き、魔素が集まって形を作る。光が収まると、造り物めいた人型の美形が魔法陣の中央に立っていた。

「……おやおや、久しぶりに呼ばれて来てみましたが、つまらなそうですねぇ。欲望が少ない」

人型がしゃべった！　会話出来るタイプだ！

私はさっそく挨拶《あいさつ》する。

「こんにちは」

デーモンらしき美形が私を見て、不思議そうな顔をする。

「おや？　貴女《あなた》……」

「五分しかないとのことなので、倒すのも含め挨拶と軽い質問をさせていただきたいのですが、よろしいでしょうか」

私の言葉を聞いて、ソードが額を手で打った。試験官たちは「は？」と、あり得ないと言いたげに私を見ているけれど、そんな表情しないでよ。デーモンと会話出来るんだったら、してみたいじゃん？　私、この世界で人間以外とも会話出来るって知って、話したくてたまらないんだから。

デーモンは朗らかに挨拶を返してくれた。

「初めまして、お嬢さん。私は、名も無きデーモンでございます」

「私はインドラと申します。貴方《あなた》は、どちらからいらっしゃいましたか？」

デーモンは、ニッコリ笑って答えてくれた。

「精神界、とでも呼びましょうか。物体に囚われない、そんな階層からやってまいりました」

それはまたすごいところがこの世界にはあるのだな。

「きっと時間の概念がない世界なのでしょうね」

そう解釈すると、デーモンが軽く目をみはった。

「さすが、物質に囚われながらも巨大な魔素を持つお方だ。そのことを理解していらっしゃるとは」

ん？　んん？　今、大事なことを言われた気がする。

「魔素は、物質では、ない？」

「おや、ご存じありませんでしたか」

「魔素の存在を最近知ったもので。以前はそもそも魔素すらない世界にいました」

私の返答を聞いたデーモンは、納得したようにうなずいた。

「そうでしたか。『精神渡り』をしたので、物質界にいながら魔素をまとわせているのでしょうかね。非常に興味深いお方だ」

私も興味深いです。……が、ソードが「巻け！」というジェスチャーをしているので、そろそろタイムアップみたい。

残念。もう少し会話を楽しみたかった。

「すまない、時間が迫っている。……ところで、貴方を倒した場合、貴方はどうなる？」

「倒し方によりますが、物質界の者には私たち精神界の者の完全破壊は無理でしょう。せいぜい物質から精神に還す、くらいでしょうね」

それは良かった。死んでほしくない。

「なるほど。私としてはずっと話していたいのだが、ここは物質界。残念ながら時間の概念が存在する。……いつか、私が呼び出したら応じてくれるだろうか？」

「もちろんですとも。再会を楽しみにしております。……ですが」

デーモンが口角を上げて私を見た。

「貴女を物質の枷《かせ》から外して精神界にお招きする、という方法もございます。私としては、そちらをオススメしたいですね」

デーモンの魔素が急激に膨れ上がる。

試験官たちが青くなりソードに焦った視線を送るが、ソードは厳しい顔をしつつも首を横に振った。

それを知覚しつつ、私も口角を上げてデーモンを見返す。

「私におびえない貴方に、私も本気をお見せしよう」

私はそう言うと、ふんわりと漂う魔素――名付けて【ふんわりさん】を集める。ふんわりさんは、今では「おいで」とたぐり寄せればごーっそりとやってくるほどになった。だから、目の前のデーモンからも集まってくる。

デーモンの笑みが一瞬消えた。

すぐに笑顔が戻ったが、それは先ほどとは違う、諦観《ていかん》の笑みだった。

「……参りました。私は愚かにも、貴女の実力の一端のみを見て判断してしまっていたようだ。完全なる破壊をされても、何も申し上げることはありません」

「いや、私が困る。私は知識に貪欲《どんよく》だ。だから、また会おう。今はいったん精神界に戻ってくれ」

木刀で一閃。それでデーモンはかき消えた。


一時はどうなることかと思ったけれど試験は無事終了！

私は試験官に呼ばれ、告げられた。

「Ａランク試験、合格だ」

そっか、良かった、無事Ａランク試験合格……んん？

「今、Ａランク試験、と言ったか？」

「君が倒したのは、現在はいないＡランクパーティが万全の準備を整えてどうにか仕留められる魔物、デーモンだ。最高の光魔術の遣い手がメンバーにいなければ話にならないし、それだけでなく受肉したデーモンの攻撃を抑えられる実力が必要だ。たった一人で倒したのは【迅雷白牙】のみだよ」

へー。そーなんだー。さすがソードだな。痛々しい二つ名を連呼されるだけのことはある。

試験官が感心したように私を見ながらつぶやいた。

「……そのデーモンを、魔術も使わず、たった一撃で倒すとは……」

私が大威張りで腕を腰に当て胸を張ったら、ソードが頭を乱暴になでてくる。

「そりゃ、俺のパートナーだからな」

――うん、だからさ、私もＳランクになりたいんだけどね。

「ドラゴンを倒さねばＳランクには上がれないのだろう？　ドラゴンを探そうかな？」

ソードを見上げたら、眉根《まゆね》を寄せたソードが止めた。

「やめろって。Ａランクまで上がればさすがに誰も文句言わねーから。ＳランクとＡランクの違いなんて、前回の戦いに参加したかしてねーかくらいなんだからよ」

私は肩を落として猫背になった。

そうなのか？　そうなのかぁ……。

残念だけれど、ドラゴン退治もＳランク到達も今はいったん保留にしておこう。

では、気持ちを切り替えて！　試験も終わったことだし、ちょっと実験をしてみよう。

私は顔を上げると試験会場の真ん中辺りにトコトコと進み、魔素を集めてみた。すると、先ほどデーモンを召喚した魔法陣がうっすらと現れた。

試験官とソードがギョッとしてこちらを見る。

「インドラッ⁉　何やってんだっ⁉」

ソードが叫んだので、私はキョトンとして振り返ってしまった。

「まだなにもやっていない。これからだな」

私はそう言うと、魔法陣に魔素を注入する。

ビカー！　と光った。

「インドラッ！　テメェ、やめろっ！」

怒鳴ってきたソードに、首を傾けて言った。

「遅かった」

現れたのは先ほどのデーモン。

「さっきぶりだな」

と、挨拶したが、デーモンはニッコリ微笑《ほほえ》んで言った。

「精神界には時間の概念がありませんので」

そういえばそんなことを言っていたっけ。

「そうか。では、もう少し詳しく精神界のことを教えてもらえないか？」

私が頼むと、デーモンはまたニッコリと微笑む。

「そうですね。ではぜひ精神界で」

…………。

ついウンザリした声を出してしまった。

「懲りないやつだな……。なぜにそこまで精神界に固執するのだ？」

デーモンは、私を迎え入れるように手を差し伸べてくる。

「その問いの答えは、貴女が精神界に来られたら理解出来ることでしょう」

それはどうだろう？　差し伸べられた手を無視し、デーモンを直視する。

「つまり、お前は元々物質界の者で、精神界に行ったらなぜ精神界に来るように誘われたかの理由が理解出来た、ということか？」

さらに尋ねると、デーモンの笑顔がこわ張った。

ふむふむ。つまりは、私が行くことによって何かしらこのデーモンの利益になるのだろうな。

コヤツが元は物質界の者……いや、違うな。今の問いに対してイエスと答えず顔がこわ張る、ということは……別世界でいう悪魔的なアレ？　魂がどうのこうのってヤツ？　で、私を精神界に連れていきたいのだろうか。

まぁいいや。

「誘いはお断りする。物質界で私の質問に答える、もしくはそのままお帰りいただく。どちらかを選んでくれ」

デーモンは手を下ろし、邪悪な感じで笑った。

「貴女が私を呼び出したのでしょう？　失敗しましたね。貴女のおかげで私は先ほどとは比べものにならないほどに強化されております。容易には倒せませんよ？」

デーモンの言葉を聞いたソードが、スッと私の横に並んだ。

「……ったく。お前は勝手なマネをしやがって！　デーモンは、呼び出す魔法陣に流す魔力の大きさで受肉する肉体の強度が変わるんだよ！」

そうなのか。でも、コイツそこまで強くはないじゃん。

「それでも私の敵ではないぞ？」

私がソードを見上げて言うと、デーモンの顔が引きつり、ソードが横目でジロッと私をにらむ。

「お前……。だから、相手を煽《あお》るなって」

不本意だ。全然煽っていない。

煽っていないのに煽られたらしいデーモンが笑顔を取り戻して私に言う。

「…………さようですか。では、こういった趣向はどうでしょう？」

デーモンが、自身から一見影のように見える魔素を伸ばした。その先には試験官がいる。

「わぁあっ⁉」

慌てた悲鳴を上げる試験官が影に覆われ、真っ黒くコーティングされた試験官が出来上がった。

「真実は、いつも一つ！」なお話に出てくる犯人みたいになっちゃったよ。

私は顎《あご》に手を当て、現象を分析した。

「ふむふむ。自分の肉体を作っている魔素を、影のように伸ばして試験官を包み込んだのか」

「物質界の原理には興味がありません。結果として、かの者は私の操り人形と化しました」

デーモンが教えてくれた。

「お前、冷静に分析してんじゃねーよ！　どーすんだよ！」

ソードが慌てている。なぜだ。

「魔素を切り刻めばいい」

私は答えて、襲いかかってくる試験官に走り寄って居合い抜き。

シュバババッ！　と試験官に取《と》り憑《つ》く影の魔素を斬った。ハラハラと舞い散る黒い魔素が、いかにも『斬った！』って演出をしていて良いですね。

デーモンとソードが絶句して私を見ている。

「ふっ、つまらぬものを斬ってしまった」

決めゼリフを吐いたら、ソードが大股《おおまた》で私のそばにやってきて拳固《げんこ》を落とした。

「何かっこつけてんだよ！　お前が呼び出したせいで試験官がデーモンに乗っ取られるとこだったじゃねーか！」

私は頭をさすりつつ、唇をとがらせた。少しばかり魔素で覆われたくらい、大したことがないのにそんなに怒らなくたっていいじゃないか。

「まだ魔素が残ってるみたいだな。じゃあ、私がもらおう」

試験官にまとわりつく残りの魔素を、全部私に集めた。すると、集めた魔素が黒っぽい色だったせいか、ちょっぴり彩度低めの私が出来上がった。

「うわっ！　お前がデーモンみたいになったぞ！」

ソードが失礼なことを言い出す。いや、より美形になったと言いたいのかな。人形みたいにかわいいと言いたいのかもしれないな！

「単にふんわりさんを集めただけだ。――それで、貴方《あなた》はどうする？　ハッキリ言っておくが、貴方は私にとって脅威ではない。デーモンを倒したことのあるソードもいることだし、戦えば負けるぞ？」

出来れば私はもっと会話がしたいのだけれど。

前半をソードに、後半をデーモンに向かって言ったら、デーモンはまたもや諦観の笑みを浮かべた。

……ちょっと君、諦《あきら》めるのが早すぎるよ。諦めが肝心とかっていう場合もあるけどさぁ、根気がないのもどうかと思うよ？

「精神界に興味を持っていただけているのはうれしいのですが、こちらに訪れるのを拒むのであれば、これ以上語ってもしかたがないでしょう。貴女《あなた》ご自身が精神界にいらっしゃらなければ、理解は出来ないのです」

静かに語るデーモン。ソードが慌てたように私を見て言った。

「おい、なら行くとか言い出すなよ？」

私は首を横に振る。

「行くわけがないだろう。私はお前の相棒だぞ。気軽に行って帰ってこられる場所ならともかく、概念の違う場所ではさすがの私も行ったらどうなるかわからん。お前の許可なくお前の手の届かない場所に行くことはない」

ソードがホッとしたような笑顔を私に向けたあと、デーモンを見た。

……あ。ソードが何かしようとしているぞ！

小声で、しかも超早口で何かを唱え、手をかざす。

「ソード！　待て……」

私の制止もむなしく、ソードの手のひらから光が噴出し、デーモンに直撃。

デーモンは諦観の笑みを浮かべたまま、光に呑《の》まれ、消えた。

私は地団駄を踏んだ。

「ソード！　ずるいぞ！　私が呼び出したんだぞ！　ちゃあんと、私が後始末をつけるはずだったのに、なんで横取りするのだ‼」

ソードは私の悔しがるさまを見てもどこ吹く風だ。

「相棒の尻拭《しりぬぐ》いをしただけだ。つーか、お前は試験官に謝れ。危うくデーモンに身体《からだ》を乗っ取られるところだったじゃねーかよ」

「乗っ取られるもなにも、デーモンの魔素がまとわりついただけじゃないか！　そんなものは自らの意思で吹き飛ばせるだろう⁉　大した問題じゃない！　それよりも、なんでお前がやっつけたのだー！」

私が叫ぶとソードが即切り返してきた。

「お前と一般人を一緒にするな。意思でデーモンの乗っ取りを解除出来るやつなんて聞いたことねーわ。ついでに木剣でなんとかするやつもいねーわ。トドメにデーモンの魔素を身体にまとわせてなんともねーやつなんて、お前しかいねーわ！」

試験官は混乱したような表情で私とソードのやり取りを見ている。

「い……今、いったい何が起きたんです？」

すっとぼけたことを言い出す試験官。その問いにソードは肩をすくめた。

「いや、気にするな。いたずら小僧が悪さをして、俺がそれの尻拭いをしたってだけだよ」

頼んでないよ！

地団駄を踏みつつキーキー怒る私の襟をつかみ、ソードは試験官に挨拶《あいさつ》をすると私を引きずり試験会場を出て行った。

二章

やってきました、王都。

高い塀にぐるりと囲まれ、全容がわからないほど広大だ。ひときわ高い塔が時計塔なのだろう。

さらに遠方にある、凝った造りをしている大きな建物が王城かもしれない。

検問所の近くまで来たら、王都に入るために並ぶ人たちで長蛇の列だった。

シャールを出しているとさすがに邪魔そうなので、リョークに収納する。

さて、定番だと私のようなか弱そうな冒険者はここでチンピラ冒険者に絡まれるのだが、一緒にいるのはソードだ。Sランク冒険者の肩書きは、魔除け以上の効果を発揮する。

「まだまだ順番は回ってこないし、ブロンコで走り回ってきたらどうだ？」

私は親切で勧めただけなのに、ソードったらうさんくさい顔で私を見るんですよ、失礼しちゃう。

「何をたくらんでいるんだよ？」

ソードが変なことを聞いてきたので、私はちゃんと説明した。

「こういう長蛇の列に並ぶと、可憐《かれん》でひ弱な雰囲気をした私はチンピラ冒険者に絡まれるのがセオリーなのだ。だが、お前がいるとそうはならない。旅の大半絡まれなかったのも、お前と一緒にいたせいだ。そろそろここで冒険者の定番を味わってみたい」

ソードが眉間にしわを寄せた。

「わざと問題をおこすんじゃねー……あっ、お前！　こないだベンに絡んだ連中に出来なかったことをやる気だな⁉」

なんでソードはこう勘が鋭いのだろう？　鈍感男子を発動させてくれ。

「……そんなことはないぞ？」

私が顔をそらしたら、ソードに頭をつかまれて無理やり上向かされた！

「おーまーえー？　むしろ、お前がチンピラ冒険者だぞ？　わかってるのか？」

「ち、違うもん！」

「こんなときだけかわいく言ったって通用しねーよ！」

「ぎゃー！」

ソードにアイアンクローをくらい、しぶしぶソードと一緒に並ぶ。

当然、何も起きない。つまらない。つまらない。ぶーぶー。

「お前といると、テンプレ展開を逃すんだぞ？　拷問しようなんて思ってないぞ？　私はシチュエーションを楽しみたいだけだ。――ホラ、あそこに見える冒険者なんて、いかにもな展開に持っていきそうな輩《やから》じゃないか？　私はお約束を楽しみたいんだー！　……いたい！」

これぞテンプレになりつつある、ソードの拳固が私の頭にお見舞いされた！

「お前ってつくづく人生ナメてるよな⁉　わざわざガラの悪い連中に絡まれたいやつなんて、この世界でお前だけだぞ！」

そこまで言い切るほどいないとは思えない。

私は頭をさすりつつ抵抗する。

「ソードだって、受信する悪意をシャットアウトして今を楽しむようになれば、ぐっと冒険が楽しくなるんだぞ？　相手がどんな悪意を持って挑んでこようが知ったことか！　むしろどんどん来い！　私の人生を楽しむ糧にしてやる！」

ソードがクールに即答した。

「いや、俺、ブロンコに乗るだけでジューブン人生を楽しめるから」

つまんないやつだなー！　冒険者に向いてないぞ！

「……お前って、私の記憶にある別世界に住むほうが向いている。生まれる場所を間違えたな。別世界はお前みたいにホドホドに人生を楽しむ輩が一般的だった」

私がこぼすとソードが腕を組んでしみじみと答えた。

「あぁ……俺もな、お前の話を聞いてるとそんな気がするわ。ブロンコみたいな、シャールみたいな乗り物があって、今飲んでる酒以上にうまい酒がゴロゴロしてる、ほとんど貧富の差がない世界なんだろ？　俺、絶対にそっち向きだわ」

小市民の英雄様って……ウププ。

――って内心で笑った途端に唇つかまれたし！

「にゅーにゅー！」

手をバタバタさせたが放してくれない。ソードが私をにらんだ。

「どうせ俺は小者ですよ！」

どうして私の考えていることがわかったのだろう？　エスパーなのかな？

そんなふうにソードと遊んでいたらようやく順番が来たので、ソードが役人に冒険者カードを見せた。

途端に！　役人が飛び上がって驚き、姿勢が伸びた！　しかも敬礼された！

「【迅雷白牙】様！　ようこそいらっしゃいました！　お並びいただかずともすぐにお通しいたしますので、次からはぜひ、先にお声がけください！」

私が口を開けて役人を見る横で、ソードは困った顔をした。周りもザワザワしている。

ソードが優遇されることに対しての不満かな？　と思ったら「【迅雷白牙】様だってよ……！」という驚きの声だった。

「いや俺、パーティを組んだんだ。コイツ、俺のパートナーな？　これからは【オールラウンダーズ】と呼んでくれ」

ソードがそう言うと、周りの人が信じられないというような顔をする。

「かっこ悪い名前だったか？」

反応が気になったので尋ねると、我に返った役人がブンブン首を振った。

「い、いいえ！　で、ですが……どうせなら【迅雷白牙】様の二つ名をどこかに冠した方が……」

今度は私がブンブン首を振った。

「そんなかっこ悪い名前、イヤだ!!」

叫んだ途端にソードがアイアンクローしてきた‼

「名前はもういいだろ。じゃ、通るから」

私がぎゃーぎゃー言っているのにソードはまったく動じず手も緩めず役人と話して、門を抜けた。

王都に入ったところで、ようやく手を離してくれたよ。

私はつかまれたところをなでた後、顔を上げて、驚いた。

そこはまさしく【ファンタジー】な世界だったからだ。

「……おぉ！」

目をみはる私を見て、ソードが笑う。

「お、ようやく物珍しいって顔をしたか」

「うむ！　これは、私のイメージしていた通りの光景だ！」

道は整備され、馬車が行き交ってもまだ余裕がある。あちこちに建つ民家は、今までの素っ気ない造りとは違い、外観が装飾されていた。計画的に植林された植物が街を彩っていて、流れている川は恐らく上下水道なのだろう。行き交う人々は、他の町の住民よりもちょっとだけ洗練されている……気がしなくもない。

「うむ！　清潔そうな街だな！」

私は満足してうなずいたが、ソードはボソリとつぶやいた。

「まぁ、今まで回った町に比べたらな……」

キョトンとすると、ソードが私を見て苦笑する。

「拠点の屋敷に比べたら、今までの町と大差ねぇよ。期待すると泣くことになるからやめとけ」

そっか……。期待値を下げて覚悟を決めておこう。

ソードに案内されながら露店を冷やかすと、スパイスを売る店を見つけた。さすが王都、いろいろな物を売っているらしい。

「ねえねえ、きれいなお姉さん。僕これ、少しずつ全種類ほしいなぁ。いくらになるの？」

体格の良い、四十代くらいのおかみさんらしき女性にボクっ娘《こ》のフリをして愛想よく声をかけると、ソードが私を『お前、熱でもあるのか』と言わんばかりの表情で凝視した。

「あらやだ！　この子ったらませてるねぇ。ここにあるやつ全部の種類がほしいのかい？」

「うん、僕、料理を作る人なんだ。でね、これらを使ったらきっとおいしく出来る！　ってピンときたんだ！」

おかみさんにこれはこんな料理に合う、これはこんな味、と教えてもらい、全種類を買った。

お金を払う段になりソードが出てくると、おかみさんは仰天する。

「じ、【迅雷白牙】様!?」

へぇ。ソードって、本当によく顔を知られているなぁ。自称『偉い人』は伊達《だて》じゃないんだね。

「パーティ名【オールラウンダーズ】のソードだ。コイツ、パートナーな。こんなナリでも、王室の料理人にも匹敵するすご腕料理人だ。ちょくちょく買いに来るかもしれないから、よろしくな」

「は、はい！　それはもう、喜んで！」

おかみさん、急にかしこまって返事をする。

「お姉さん、堅くならなくていいよ。ソードはこう見えても良いやつだから、普通に話して大丈夫だよ。すごいことしたらしいけど、僕の生まれるはるか大昔……いたいいたい！」

ソードのアイアンクローがまた私の頭部にさく裂した！

ソードが言い聞かせるように私に言う。

「残念ながら、そんなに前でもないんだよ。お前が引《ひ》き籠《こ》もってて知らないだけだからな？」

え、生まれた後の話だったのか……。

ソードはおかみさんに向かって手をヒラヒラ振った。

「コイツの言う通り、ただの客だし普段どおりでいいよ。……コイツは口がうまいけど失礼千万なやつで、腹の立つことを言ったりするかもしれないが、なるべく気にしないようにしてくれ。悪意はないんだ、たぶん」

「またね、お姉さん」と挨拶したが、おかみさんは聞いているのかいないのかペコペコしたままで、ソードは私の頭をつかんだまま去る。

店を離れた後、ソードが手を放して怒鳴ってきた。

「お前、いったい俺をいくつだと思ってるんだよ!?」

ソードの、年齢？

そういえば聞いていないな。独身のおっさんって、若く見えるからなぁ。

「むむ……私はこの世界の生物の基準年齢を知らないのだ。気にしたこともなかったので考えたことがない。別世界の認識でいくなら、三十はとっくに超えて四十手前……くらいか？」

私が腕を組んでそう答えると、ソードはフリーズした。いや、石化した。

……え？　もしかして、もっと若いの？　ウソでしょ？

「えーと……ちなみに、いくつなんだ？」

恐る恐る聞いたが、答えてくれない。沈黙が痛い。

この私ですら気まずいと思う時間が続き、ようやくボソリと言った。

「………………二十三」

私は、うつむいているソードを見ずに明後日《あさって》の方向を見上げて気付いたように手を打つ。

「そうだ、冒険者は太陽にさらされる職業だったのを忘れていた。太陽光線というのは複数の光線で構成されていて、その中には人体に有害なものも存在するのだ。それを浴び続けると、肌が傷んだり、対抗しようとして結果老化したりするのだ。そうだったそうだった」

早口でまくし立ててチラリとソードを見たら、泣きそうなので慌てた。

だって私の中のソードって、お父さんくらいの感覚だったんだもん。まさかまだ二十代前半だとは……。タイトル詐欺になってきたぞいろいろと！

「俺、回復薬を飲んだりしてるよ？」

ソードが泣きそうな声で訴えた。

私は慰めるようにソードの手をポンポンたたく。

「残念だがその『お肌の老化』は、正常な反応なのだ。回復薬が不老不死の妙薬でない限り、美肌は作れない。しかしソードよ、安心しろ！　私が薬師の許で学んだ成果を試されるときが、今やってきたのだ。私がお前のために美肌になる薬を作ってやるぞ！」

　さすがに『あれ？　もしかして私やっちゃいました？』感がヒシヒシと伝わるので、気合いを入れて作らせていただきます。

　私は、首と肩を落としているソードの手をとり、歩きながら弁解した。

「ソードはずいぶんと枯れ……落ち着いているだろう？　私の裸を見てもまるで動じなかったし、そういうのを見慣れてる年齢だと思ったのだ」

　私の言葉を聞いて、ソードが復活した。

「……そういうことか。でも、いくら若い男っつっても、お前の裸で反応するやつはいねーだろ」

なにおう!?　慰めたのにひどい言い草だ！　この世界ではどうだか知らないけどなあ、ロリ体形スキーだっているんだぞ！　脚派の一部にいるんだ！　微乳派は！

「とにかく！　アンチエイジングが大切だというのはわかった。塗り薬と、食事もそれらしいのに変える。私も油断出来ないしな」

　そう言うと、ソードが驚いて私を見た。

「お前が？　いくらなんでも早くないか？」

「アンチエイジングは早いうちからやっておけば、それだけ老化を遅らせられる。私は塗り薬等のお手入れはしてないが、〝ＵＶ〟はカットしているぞ？　魔術で、私に降り注ぐ有害光線のみを吸収拡散させているから、旅に出ても美白の美肌だろう？」

ソードが目を丸くし口を開けた。

「お前……貴族だから日焼けしねーのかって思ってたら、そんなことしてたのかよ……！」

ソードが、貴族は人間じゃないみたいなこと言ってる。

「俺にもやって、お願い」

「わかったわかった」

よしよし、とすがりついて頼んできたソードをなでた。

しばらく歩くと酒の露店もあり、珍しくて見てみたが……。

「…………うん？」

これは……すさまじいのを売っているな。樽《たる》からヤバい臭いがしているのだが、飲んでも大丈夫なのか？

振り返って訴えるようにソードを見たら、苦笑していた。

「これが普通なんだよ。下手すりゃ苦酸っぱくて飲めたもんじゃねーのもある」

身体《からだ》に悪い菌もあるからね！　気をつけないと、お腹を壊す程度じゃすまないぞ。

悪臭にへきえきして早々に立ち去り、他の露店もいくつか見て回った後、冒険者ギルドへ行ったら歓待された。

ギルドに入ると全員に注目され、人垣がいっせいに割れて受付まで最短の通り道が出来たのだ。

「フムフム！　ＶＩＰ扱いだな！」

私が言うと、ソードが私を残念そうに見た。

「……お前ってホンット、ポジティブだよな。この状態を避けられてるとは思わねーのか？」

避けられたっていいじゃないか。ソードも、実力のわからない冒険者に絡まれたいわけではないだろうに。

「『初心者っぽい冒険者にちょっとヤキ入れようぜと絡んできたチンピラ冒険者を返り討ちにする』プレイは大歓迎だが、ソードは嫌だと言ったじゃないか」

「うん、言った。そのとおりだ、ぜひともお前からは遠ざかってほしいね。この状況、大歓迎」

私だけが原因ではないと思うけれど、というか私が避けられているんじゃない気がするけれど、まぁいいや。

ソードが受付嬢に名乗ると、手紙が届いていると言われ、受け取った。先日のBランク試験で私の作った回復薬を飲んだ連中からだ。拠点でなくここに届いたということは、渡すときにソードが「王都にしばらく滞在する」って言ったんだろうな。あるいは、手紙の配達はギルド経由の転送魔術で行うため、ソードが王都にいるとわかったので気を利かせてこちらに転送してくれたのかもしれない。

その後ギルドマスターに呼ばれ、今までで一番豪勢な部屋に通され、今までで一番丁寧に応対された。そして保留案件の束がソードに渡される。

それらを読み始めてすぐ、ソードが表情を険しくした。

「書類間違えてねーか？　くだらねぇ依頼、渡すんじゃねーよ！」

ついには怒りだしたのでソードの手元の紙をのぞき込んでみたら、『何とか子爵の誕生会出席』とか『何とか伯爵の領地までの護衛』とかいう文字が目に入った。なるほど、くだらないね。

「気に入らない態度をとったら拷問の上惨殺してもよければ、私が受けるぞ？」

って言ったら、ギルドマスターが凍りついた。

「はは、は……。面白いことを言う子だな」

ギルドマスターが笑っているようで笑っていない声音を出せば、ソードが冷たく言い放つ。

「冗談だと思うか？　ランク見ただろうが。この年齢で既にAランク、俺よか早いんだぜ？」

ギルドマスターの、わざとらしい笑いが止まる。さらにソードが追い打ちをかけた。

「『傲慢《ごうまん》』が服を着て歩いているようなやつだ。人生をナメきってる幼女《ガキ》が、『たかが貴族』に頭を下げられると思うか？　連中がコイツを『荷物持ち』って見下した態度をとるのはわかりきってるし、そんな態度をとられたコイツがソイツらの皮膚を剥《は》いでいくさまを俺は見たくないんでな。護衛や催事の出席は絶対にお断りだ！」

ソードが力いっぱい最後の言葉を強調したので、私はソードに優しく言った。

「お前はついてこなくていいぞ？　私一人でこなす。先ほど、私の回復薬を使った連中から感謝の手紙とアンケートの回答が届いていたので確認した。きれいに治ったそうだ」

私は胸を張ってたたいてみせる。

「万事、私に任せておけ！　どれほどにクソ生意気な連中でも、私が調教して靴の裏をなめるほどにしてやろう！　お前に悪意など飛ばそうとも思わないほどにな！　……ぎゃー！」

ソードが無言で私にアイアンクローする。そして、ギルドマスターを見た。

「お前、それでも俺に『コレ』回すか？　なら、お望み通りの結果にしてやるけどよ」

ソードが書類をヒラヒラさせると、ギルドマスターは慌てて書類をひったくった。

「ところでソード、今言った『荷物持ち』とはなんだ？」

私が真面目に聞くと、ソードは手を放して説明してくれる。

「その名の通り、依頼者の荷物を持って歩く仕事だよ。たとえば、冒険者がダンジョンに潜るときの十数日分の食料やらの消耗品や、ダンジョンで得た品物を詰めた袋を担いでついて歩くんだ。借金奴隷や若い冒険者がやるんで、バカにされがちなんだよ」

ふーん。荷物を持って歩くだけの仕事か。そのまま持ち逃げしそうだけれど、この世界。……と考えたらソードに心を読まれた。

「そこそこ重たい荷物を持たせるから無理だよ。じゃなきゃ荷物持ちなんて頼まねーだろ。荷物持ちは冒険者ギルドであっ旋しているから、万が一紛失や盗難があってもギルドである程度は補償してくれるしな。逆に、荷物持ちの命の保障は依頼者が請け負う。借金奴隷が荷物持ちの場合は、もしも死なせたらソイツの借金を依頼者が背負うことになるんだよ」

さすがにその辺はキッチリ保証されないと成り立たないか。

ギルドマスターから接待ぽいお誘いを受けたが、ソードがバッサリと断り、私たちはギルドを出てベン君たちとの合流場所へ向かった。ベン君は、街の外れに一軒家を借りてくれたそうだ。

目的地に着くと、それらしき屋敷の前にベン君が立っていた。

「あ！　お待ちしておりましたー！」

ベン君が手をブンブン振ってくる。ソードも呑気《のんき》そうに手を上げた。

「よぉ。無事だったか？」

「おかげさまで何とか、ってカンジッスねー。とにかく襲われまくりでした！　いやー、大変でしたけど、シャールなら問題なく撃退出来たッスよ！」

う、羨《うらや》ましすぎ！　私もシャールで撃退してみたい！　ずるい！

「そうか、それは楽しかっただろうな」

つい声に出してしまったら、ベン君から冷ややかな目で見られた。

「それを楽しそうって思うのは、インドラ様だけ、ッスよ？」

私はベン君の言葉を知らんぷりして、屋敷の掃除を魔術で行う。

「うわっ！」

唐突にガタガタ鳴り出した屋敷に、ベン君が驚いている。

「な、なんスかこの音？」

「インドラは潔癖性なんだよ。町の宿屋に泊まるくらいなら野宿の方がマシ、って言い放つやつだから。コレは、インドラが宿屋の部屋や借りた家に住む際の、お決まりの掃除魔術だ。貴族サマもびっくりのきれいな部屋になるんだよ」

ソードが疲れたように言ってため息をつく。

「私は野宿でいいんだ。でも、ソードは体裁があるから野宿じゃダメなんだそうだ……」

私もため息をつくと、ベン君が私の横に立ってソードに宣言した。

「俺も今回ばかりはインドラ様の味方ッス！」

ソードが驚いてベン君を見る。

「今、アイツらって宿代を浮かすとかもっともらしいことを言ってシャールで寝泊まりしてるんスけど、そのために魔石を買いあさったり魔石取りに魔物狩りに行ってるんスよ。そんな苦労するくらいなら宿屋に泊まった方が安上がり、ってなモンなんスけど、シャールの快適さを覚えちゃったら、もう下手な宿屋には泊まれないッスね」

ベン君が熱弁をふるう。

まーね、〝ウレタン〟のような魔物素材があるのでそれをシートクッションに使っていて、さらには背もたれも倒せるようにしたから安宿のベッドより寝心地はいいはず。

「気持ちはわからなくもないんだけどな……。でも、Sランク冒険者が野宿するって、宿代をケチってるみたいだろ？」

ソードがぼやく。小市民英雄さんはすぐ外面を気にするんだから、もう。

そうこうしている間に掃除が完了したので、中に入ってベン君からオークションの報告を受ける。

「いやぁ、もう、聞いてびっくり！　つーか、俺もびっくりしたッス！」

――オークションに出品するものは、まず鑑定される。

あの、ファンタジー定番の『鑑定魔術』があるらしいのだ。

何ソレファンタジー！　私も覚えたい！　……の、鑑定魔術で、商品にうそ偽りがないことがわかったら、紹介文を作ってもらう。

　ベン君が用意したウリと押しとキーワードで絢爛《けんらん》な紹介文が作成されたのだが、その際に『インドラ』と『元貴族』を記載してしまったことで、私がスプリンコート伯爵の娘だと露見したらしい。

　むかーしむかし、最初で最後のお茶会に参加した際にふい聴した『腹違いの妹を連れて屋敷に乗り込んできたろくでなしの父親から虐《しいた》げられている』という話も調べ上げられて、私は『悲劇の天才伯爵令嬢』として紹介され、それだけでも食いつかれたのに、現在Sランク冒険者【迅雷白牙】のパートナーとなり成功を収めている、の追記でますます白熱。

　葡萄《ぶどう》酒一本金貨六十枚、ウイスキー一本金貨八十枚、ブランデー一本金貨九十枚、最終日に売り出したシードル、エールも加えた五種セットは一セット金貨三百二十枚までいったそうだ。

　そして、買った人たちの誰かが試飲会を開催し評判がうなぎ上りになったそうで、ベン君は一躍スター商人となり、あらゆるところから取り引きの要望が殺到。

　さらには自分のワイナリーを持っている貴族たちが、造り方を聞き出そうとしてきたそうだ。そのときベン君は、相変わらずのチャラい口調でこうのたまったらしい。

「保管が超大変で輸送した方が手っ取り早い、としか聞いてないんス……って、そういえばインドラ様はすっげー大魔術師で大魔導師なんスよ！　自分じゃなけりゃ作れない、って豪語してたッス！」

　相手も、答えになっていないようでなっていない回答を聞き、諦《あきら》めたそうだ。

私はベン君の腕をポンポンたたいてねぎらった。

「そうか、それは大変だったな。疲れただろう、今日はここで慰労会《いろうかい》でもしようか」

「やったー！　アイツらにも声かけていいッスか？」

ベン君の頼みに私は快く答えた。

「もちろん。ちょっと、試したい料理もあるので、感想を聞かせてくれ」

私の提案を断らないベン君、通常運転だね。君はある意味好青年だよ。


ベン君とソードは代金のやりとりをしたあとお風呂《ふろ》に入って、エールで乾杯。その間に私はもろもろ仕込みを行う。

全てを終えてひと息ついたとき、【明け方の薄灯】の面々がシャールに乗ってやってきた。

「インドラ様、お久しぶりです！」

【明け方の薄灯】は、真っ先に私の所に来て挨拶《あいさつ》をした。それを見たソードがすねる。

「掌返しがホンットーにすさまじいな！　俺よか先にインドラに『様』つけて挨拶かよ！」

【明け方の薄灯】は顔を見合わせたが悪びれない。

「いや～、だって……ねぇ？」

「いろいろお世話になりまくってますし、これからもなりますし」

「ごちそうもお酒もインドラ様が提供されますから！」

「ブロンコももう少しお借りしたいっす！　俺、インドラ様の奴隷っす！」

私はソードをなだめつつ【明け方の薄灯】をねぎらう。

「まぁまぁ。今回のベン君の護衛は大変だっただろう。慰労会だ。だが……まず、風呂に入れ？」

「「「はぁ～い……」」」

汗臭いなんて一言も言っていないのに、傷ついた顔をされたよ。

スゴスゴと去る後ろ姿に私は声をかける。

「お、そうだ。女性陣、試してもらいたい物があるのだ！」

呼び止めて、つい先ほど作ったローションとオイルを手渡す。

「……冒険者というのは、太陽光を常に浴び、肌が荒れやすいだろう？　実はな、それでちょっと……ソードに失礼な発言をして、傷つけてしまってな？　美容製品を作ったのだ。ソードの前に、君たちが試してくれないか？」

私はソードをチラ見して様子をうかがいつつ、コショコショと声をひそめて話した。

二人はソードを見たあと顔を見合わせるとゴクリと唾《つば》を呑《の》み、深くうなずく。

男性陣が先に風呂に入り、その後女性陣が入ってしばらくすると、バタバタと走る音が聞こえてきて二人に抱きつかれた。

「インドラ様ー！」

「売って！　アレ売って！　高くても買う！」

私、『下着姿』で抱きつかれているのだが。男連中……あ、ソード以外ね、が、目を剥《む》いている。

「どうだった？　その様子だと、既に変化があったのか？」

私が女性陣に聞くと、大いにうなずいてくれた。

「うん！　すっごい、もっちもち！」

「毛穴が消えた！　肌が白くなった！」

そうか、それは良かった。ならソードにも試せるな。……とは言わず、テスターとして継続的に使ってもらうことにした。


料理を出すと、皆がけげんな顔をしてのぞき込む。

「すげぇ食欲をそそる匂いがしますね」

ベン君がそう言ってくれたので、私は満足してうなずいた。

「そうだ。さすがは王都、スパイスが豊富だな！　そのスパイスを使った料理だ！　他にもあるが、メインはこの〝カレー〟。……そうだな、わかりやすく言うなら『スパイス煮込み』だ。この平べったいパンにつけて食べてくれ」

って言ったら一斉に【明け方の薄灯】メンバーがこちらを見た。

「……もしかして、もしかしたら、インドラ様が、作られた？」

リーダーのシャインが聞くと、ベン君が不思議そうに彼女を見る。

「そうッスよ。さっきつまんでた肴《さかな》も、インドラ様が作ったっつったじゃないッスか」

シャインが首を横に振る。

「インドラ様が、どこかの料理人に作らせたものを持ち込んでるって解釈してた」

シャインが私を見て、料理を震える指で差した。

「インドラ様って、貴族ですよね？　なんで料理、作れるの……」

「いや、今は平民だし、料理だけでなくものづくりが好きなのだ。酒を造ったり、他にもリョークを作ったり、シャールを作ったり、ブロンコも作っている。まぁ、元貴族だからな、縫い物も刺しゅうも得意だぞ。メイドに贈ったら、泣いて喜ばれて家宝にすると言われた」

なぜか女性陣に、ガーン！　みたいな顔をされた。

ベン君が、そんな女性陣を冷やかす。

「シャインもテロールもインドラ様を見習った方がいいッスよー？　料理も裁縫も致命的……」

皆まで言えず、ベン君は二人から殴られていた。合掌。

「性別など関係なく好きなやつが作れば良いだろう。うちの料理人は全員男だぞ？　私も、好きだからやっているだけだ」

「インドラ様、最高！」

「大好き！」

二人にまた抱きつかれる。告白までされてしまいました。

「つーか、そんだけ出来て嫌いなものってあるんスか？」

殴られた箇所をさすっているベン君に聞かれて、

「手加減と許すことと他人の言うことをきくことかな」

って答えたら、聞かなかったことにされた。

「さー！　乾杯しましょー！」

「「「カンパーイ！」」」

皆、合わせたように私の発言を無視してグラスを掲げたし！

そして一斉にカレーを食べる。

別世界で、スパイスから調合していろいろ入れた変なカレーを作っていたその知識を元に、匂いを嗅《か》いで掛け合わせて作ったのが、この『発酵トマトと発酵オレンジで煮込んだオーク肉カレー』だ。

字面がすごいな、まるでおいしくなさそうだ。ちなみにオーク肉は、ソードのためだ。皮に近い部分を使った。オークは人に近い肌をしている上、美肌なので、さぞかしコラーゲンやセラミドが豊富だろう。これと作った美容製品で、内からも外からも美肌になっていくがいい！

あとは、ヨーグルトと刻んだピクルスの付け合わせや、揚げ豆スパイスまぶし、タンドリーバードが並び、ドリンクはお決まりのラッシーぽい飲み物を作った。私以外の人は酒を飲んでいるけれど。

皆、うまいうまいと食べてくれている。

「俺たちはこれから仕入れながらイースに向かいますけど、ソードさんたちはどーするんスか？」

ベン君が尋ねてきたので、ソードと顔を見合わせた後、ソードが答えた。

「ま、ダンジョン踏破だな」

私が付け加える。

「そこそこ楽しめるらしいからな」

ベン君が驚く。

「えぇっ⁉　王都のダンジョンッスよね⁉　まだ誰も踏破してないアレ、ッスよね⁉」

ソードと二人でうなずいた。【明け方の薄灯】の全員も唖然として顔を見合わせている。

「私たちは三十階層までだったよね」

「その下の階層はアレだからね……」

「ソードさんも単独だと五十階層まででしたっけ」

その問いにソードがうなずき、私の頭をぐりぐりなでる。

「コイツとなら、どうにかなるだろ」

【明け方の薄灯】になぜか拍手される。

「食料はたっぷり用意した。私は水を生成出来るしシャールもあるので、そうそうは……」

私が言いかけた言葉を遮ってベン君がツッコんできた。

「え……水魔術の水は、飲めなくないッスか？」

飲めないとまではいかないと思う。

「純度百パーセントの水だから味気ないな。石と炭を入れておけば多少はよくなるぞ」

ソードが首を横に振った。

「違うっつーの。『俺たちが使う魔術』の水は飲めないんだよ。けど、インドラの魔術で出す水は、飲めるんだ。旅の途中に水が尽きて近くに川も無かったとき、俺たちはコイツが造り出した水を飲んでいた」

ベン君や【明け方の薄灯】が目を丸くして私を凝視した。

私は指をピッと立て腰に手を当て、説教モードに入る。

「そもそも、なぜ雨が降るかって、理解しているか？」

気合いを入れてメカニズムを話そうとしたら、ベン君が私の眼前に手のひらを突き出す。

「いや、大丈夫ッス。インドラ様は神様と同じことが出来るってわかってれば、充分ッス」

【明け方の薄灯】に目を向けたら、ベン君と同じく手のひらを突き出して、ベン君に同意するようにうなずいた。

うん、全然わかってないよね？　神様じゃないよ？　メカニズムだからね？

だが、あからさまに拒否している連中への説明を諦めて話題を変え、ベン君に頼んだ。

「スパイスと、穀物の仕入れをよろしくな？」

「分かったッス！　それと、インドラ様が前からほしがってた穀物、目星がついたッス！」

おぉ！　マジか！

米がほしくてベン君に、穀物でこんな感じのがあったら確保しておいて、他にも変わったのがあったら買い取るから、とリクエストをしていたのだけれど、その第一希望の米の当たりがついたらしい。

それは楽しみだ！

そうこう話している間にきれいに平らげられ、慰労会は終了した。

私は魔術を使って一気に食器洗浄！　ついでに清掃。

それを見たシャインが目をむいた。

「…………。なんだろ？　あり得ないものを見た気が？」

ソードが慰めるようにシャインの肩をたたいた。

「大丈夫、自信を持てよ。俺だって出来ないし、【血《ち》みどろ魔女《まじょ》】にも出来ない。アレは、やつだけのオリジナルだ」

「…………あ、そうなんですね」

シャインが安心したようにつぶやいた。

「そうだ。私はむしろ、お前たちの使う魔法が使えない。だから、お相子だ」

と、慰めたら、シャインは私を見て弾けるように笑った。

ちなみに、今夜は全員この屋敷にお泊まりだ。

【明け方の薄灯】は「うーん、久しぶりに固いベッドかー」とブツブツ言っていたが、それでも泊まるようだ。

私とソードはベッドに低反発マットレスを敷いて、羽毛の掛け布団で寝るけどね！

だって固いんだもん。

翌日、ベン君たちと別れの挨拶《あいさつ》を交わし、私たちは冒険者ギルドへ向かった。

ギルドマスターは、今度こそまともな保留案件を出してきた。

「緊急性はないが、コレは俺じゃなけりゃ無理かな。他のはBランクでもいけるだろ」

って言いつつソードが選んだのは……ワイバーン《飛竜》討伐！

ワイバ――――ン！

「おぉ！　ソードもようやく冒険の何たるかがわかってきたか！」

目を輝かせた私が叫んだら、ソードが笑う。ギルドマスターは目をパチクリさせていた。

「ハイハイ。面白そうだろ？」

ソードが笑いながら言うので、私も思いきりうなずいた。

「もちろん！　ドラゴンの頭、コウモリの翼、ワシの脚、ヘビの尾の飛ぶ魔物だよな？　皮が硬いという話を聞いたことがあるが、本当か？」

「確かにそうだけど、お前の皮膚の方が頑丈だろ」

ソードに、私の肌が鉱石で出来ているみたいな言い方をされた。

「こんな、玉のお肌に何を言うのだ？」

「超絶硬い玉石のお肌だから、傷一つつかないんだろうな」

反論したらソードにうまいこと切り返されてしまった。

ワイバーン討伐を受注すると、ソードがギルドマスターに宣言した。

「ついでによ、この案件が終わったらダンジョンに潜る。無期限で登録しておいてくれ」

ギルドマスターが目をむいた。

「もしや……」

言いかけたギルドマスターに向かってソードがうなずく。

「あぁ。コイツと一緒なら踏破出来るだろ。前もって言っとくけどな、途中の遭難者は助けないぜ？　遭難者救助で入るんじゃない、踏破で潜るんだからな」

「わかってます。こちらでアナウンスしますのでお任せください！」

ギルドマスターがやたら乗り気なので、質問してみた。

「やはり、冒険者にとってダンジョン踏破というものは、ワクワク感のあるイベントなのか？」

すると、ソードとギルドマスターが顔を見合わせて笑った。

「……なかなかの肝っ玉だな。さすが【迅雷白牙】のパートナー、気に入った」

急にどうした？　と、思いつつギルドマスターを見た。

「そうか……？　私はそこまでダンジョンに関しては盛り上がらないのだけどな。魔王城くらいになると盛り上がるのかもしれないが……」

ソードが私の頭をポンポンたたきながら言う。

「ギルマス、コイツいわくダンジョンとは『ダンジョンコア様の作ったアトラクション』なんだそうだぜ？　ま、否定する要素がないからその話に乗って、王都のダンジョンを楽しむさ。魔王城も、魔王に頼んで不殺《ころさず》でいくから遊ばせてくれって頼みゃ、遊ばせてくれるかも――ってな」

ギルドマスターは私をまじまじと見つめた後、大笑いした。

「……それは、すごいな！　私もなんだかワクワクしてきた！」

「だろう？　冒険者とは、未知を冒険してワクワクする職業だと思うんだ。なのにソードは小市民的に考えすぎて面白がらないから困るんだ。……ぎゃー！」

ソードに、ウメボシの刑に処された！

怒ったソードが低い声で言う。

「小市民で悪かったな。それでも英雄なんだよ！」

「自分で英雄とか言っちゃってる、プププ。……ぎゃー！」

グリグリグリ。

ギルドマスターはずっと大笑いしている。笑っていないでソードを止《と》めてくれ！


ギルドを出ると、ソードが私に怒鳴ってきた。

「お前といると、俺のイメージが崩れるんだよ‼」

今更何を言っているのだろう。

私は肩をすくめた。

「そもそもが、私にすがってマジ泣きして謝ってきた時点でイメージがどうのとか思うのがおかしいぞ。イースのギルドでだって超邪険に扱われていたじゃないか」

「あそこは駆け出しの頃からの知り合いが多いから素でもいいの！　でも、他の町や王都だと、それなりにイメージがあるの！」

ソードはつまらない体面を保とうとするから疲れるんだよ。私はいっさい偽らないぞ。

「お前はもうちょっと偽れよ。……あ、たまに偽ってるな。この間のスパイス露店のおかみさんに対してとか、なんだありゃ。あと、ギルドの受付嬢にもたまに愛想よく話しかけて、女ったらしの詐欺師みたいな態度だったぞ」

ソードが心を読んでツッコんできたので膨れながら答える。

「サービスを求める際に愛想よくふるまうのは基本だ。男にもやるのだが、効果がない」

美幼女がにこやかに声をかけたのに、うさんくさそうな顔をしてくるって、ヒドくない？

「小僧に『イケメンのお兄さん』なんつわれても、うさんくさい以外の何モンでもねーだろ」

ソードがなんか言っているけれど、聞こえなーい。

さて、私たちはワイバーン退治に向かっている。

ドラゴンほどではないがワクワク感があるな。

私は、まったくワクワクしていなそうな表情のソードに尋ねた。

「ソードはワイバーンを退治したことはあるのか？」

「一度だけな。ワイバーンが難易度Ａランクなのは、不利になるとさっさと飛んで逃げるからだよ。そんときゃたまたま槍《やり》を持ってたから、ぶん投げて仕留めた」

某ＲＰＧの竜騎士は、ワイバーンも真っ青になるジャンプをして槍でくし刺しにするのだが、他の方法だと……あれ？　ふと疑問が浮かんだ。

「……うん？　お前、雷魔術が得意なんだよな。雷を何度も落とせばいいだろう？」

するとソードが私の眼前に手を突き出した。

「まず一つ。ワイバーンは雷魔術が効かない、数少ない魔物だ」

へー、そうなんだ。

「次に。お前の雷魔術と一般的な雷魔術はえらく違う」

ソードが指を折って数えている。

「最後に。お前は雷を空から落とせる。けどな、フツーそんな雷魔術は使えねーんだよ‼」

最後に怒鳴られた。

「ふーん」

ソードが怒鳴り疲れたような顔で私に尋ねる。

「……お前、遠距離の大規模魔術って使えるのか？」

私は額に手を当て沈思黙考。

「……やってみないとわからないが、手はあるな。一番簡単なのは〝原子力〟……爆発魔術なんだが、これを使うと使った地帯にあるもの全てが汚染され死に絶え、そして長期間影響を及ぼす。汚染された場合は解毒薬を飲んでも治るか分からない。ちなみにこれが、私のよく言う『禁呪の大魔術』だ」

「それ、封印な」

ソードが即答してきた。私はあごに手を当てて続ける。

「あとは、真空にする魔術だな。これは、呼吸する生物に対しては有効だがアンデッドなどの無呼吸の魔物には効かない。これらも殺せる魔術となると……波動魔術だな。複数の有害な波動を降らせれば、大抵の魔物に有効だろうな。光らない光魔術って感じだ」

「あぁ、アンデッドのダンジョンで使ってたヤツか」

ソードがつぶやいたので、私はうなずいた。

「じゃあその、光魔術が一番無難なのか？」

ソードにそう尋ねられたので、どうかな？　と考えつつ腕を組んだ。

「まぁな……。ただ、魔物から素材を取れなくなる。気化したり炭化したり、皮膚から内臓までグズグズになったりするからな」

「わかった、お前に頼むのは最終手段にするわ」

いや、ワイバーンには使わないよ。もしも飛ぶ相手と戦うのなら……。

「浪漫《ろまん》としては、美幼女が箒《ほうき》にまたがって飛ぶのがセオリーなのだが」

「箒にまたがって飛べるなら、箒なくても飛べるだろ」

ソードに冷たく言われた。そうだけど、浪漫がさぁ！

飛ぶ機会もあるかもしれないので、そこら辺の雑木を使って箒を作った。そんな私をソードがお馬鹿な子を見るような目で見ている。

その視線を無視して思いつく魔女っ子の歌を歌っていたら、急にソードが笑い出した。

「お前ってホンット、陽気なやつだよなぁ。そんなに浮かれながらワイバーン倒しに行くやつ、お前以外に絶対いねーわ」

感心していないで、お前も陽気になれ。

……と、言い返そうとしたらソードが空を見上げる。つられて私も見上げると、かなり上空にワイバーンがいた！

炎玉を吐いてきたよ！　とっても攻撃的！　わっふぅ！

だけど、まだ相当な距離がある。

ワイバーンはこちらを警戒しているのか、高度を上げたまま旋回している。

ソードが手をかざしてワイバーンを見た。

「けっこう距離があるなー。俺の魔術じゃ届かねーし、槍の遠投ならよけられなきゃギリギリ届くか、ってトコだ。さーて、お前ならどうする？」

「もちろん、飛ぶ！」

私は即答して箒にまたがった。

「さぁ、私をワイバーン目がけて放り投げろ！　槍の遠投のごとく！　さぁさぁ！」

ウキウキしている私を見てソードは半眼でにらんでいたが、気を取り直して言った。

「ま、いっか。お前なら死なないだろうからな」

ソードは私をひょいっと持つと、肩に担いだ。

「んじゃ、行くぜインドラ。仕留めて来いよー……」

「ソードこそ、外すなょ……わぁあああ！」

バビュン！

私はソードに放り投げられ、ワイバーンに向かって一直線に、弾丸のごとく飛んでいった。

——私、箒で飛んでいます。うそです、箒無しでも飛んでいます。

でも、中々のシチュエーション！

このスピード感は！　超有名魔法使い童話の、箒で飛ぶ競技のアレだよ！

……と、考えていたらあっと言う間にワイバーンの近くまで飛んできていた。

ワイバーンは驚きのあまりなのか、口を開けて固まっている。

空飛ぶ魔法使いなら魔法で倒すのがセオリーだが、この勢いなら剣を使った方が早いので、すれ違いざまに抜刀、一閃《いっせん》。

「……ふっ、またつまらぬものを斬ってしまった」

決めゼリフを言った後、木刀を振り回して風を起こしてブレーキ。

で、ワイバーンと一緒に落下。

途中で重力制御魔術を使い落下速度を弱めふんわりと着地したら、ソードがゲラゲラ笑いながらやってきた。

「お前、最高。こんなに笑ったの久しぶりだわ」

私は、笑うソードに張り切って伝えた。

「楽しかったぞ！　今度はお前もやってみるか？」

「そーだな、今度出たらやってみるわ」

私の提案に、珍しく乗り気な発言のソードだった。

さて、しとめたワイバーンの処理だ。

ワイバーンは血にも値が付くらしいので、血抜きした血をそのまま瓶詰め、本体はきれいに洗ってリョークのポッドに収納して、ギルドに戻った。

ギルドマスターが、

「ワイバーンが久々に市場に出回りますな。高値で買い取りますぞ！」

と、弾んだ声でソードに話しかけた。

「そうか。首を斬って血抜きをしたが、血も売れると言われたから別に保管してあるぞ」

私がそう言ったら、ギルド中の全員が固まった。

「ん？　どうした？」

その問いにギルドマスターは答えず、私を指差してソードに聞いた。

「……まさかと思うが、この子が倒した？」

ソードは軽くうなずいて肯定した。そして笑い出す。

「箒にまたがって、『ワイバーンに向かって放り投げろ！』っつわれてよ。そんならどうにでもなりやがれ、って思いっきりぶん投げてやったらそのままの勢いで首を斬って、ワイバーンと一緒に落っこちてきたぜ。『楽しかった』だとよ！　どーしよーもなく救いようのねぇバカだな、って感心したわ」

ソードの言いぐさがひどい。

私は怒鳴った。

「箒にまたがって空を飛ぶのはお作法だぞ！」

「お前にとってはな。でも、ま、楽しかったからいいよな」

ソードが相づちを打った後、笑いかけてきたので私は思いきりうなずいた。

「もちろん！　私は全力でシチュエーションを楽しむんだ！　それこそが冒険！」

最後に拳《こぶし》を振り上げたら、ギルド中に笑われた。

三章

お次は難攻不落と名高い王都ダンジョン攻略だ。

ソードが気のなさそうに尋ねてきた。

「予想はつくが念のため聞くわ。俺、五十階まで到達してるから、そこまでショートカット出来る魔導具持ってんだけど、使うか？」

ブルブルブルブルブル。私は高速で首を横に振る。

ソードが肩をすくめた。

「だと思った。地図は……いらねーよな。お前とリョークが作る地図の方が正確だ」

私はソードの袖の端を引っ張り、逆に尋ねた。

「ソードは一度通った道をまた通るのはつまらないか？　それなら、先に行って待っていてくれてもいいぞ。私は初めてだから、順に通っていきたい」

今度はソードが首を横に振り、私に笑顔を向けた。

「俺もお前と一緒に行く。楽しむって決めたからな！」

おぉ！　いつもテンションの低いソードがその気になっている！

私はうれしくなって、さらに楽しく遊べる提案をした。

「ならば、浅い階は簡単そうだから止まらない縛りで行きたい。お前は私の通った足跡を間違いなくたどる、って縛りで行け」

ソード、笑顔のまま硬直。

「……難易度、高くねーか？」

そんなことはない。私はキッパリ言った。

「大丈夫だ！　お前なら簡単すぎてあくびしながらでも出来るだろう！」

「ちょっとやめてよ、俺って普通の人間なんだから。お前みたいな超人と一緒にしないでよ」

英雄様が、自分は一般人みたいなこと言い出していますよ。ウププ。って考えた途端！

ソードに唇をむにゅっとつかまれた！

「にゅー！」

「お前のその顔、なんかムカつく」

ソードが理不尽だ！


ダンジョンへ向かう道中、知らない人たちが道の脇に並び、歓呼を上げている。まるでパレードのようだ。

祭りか何かかな？　尋ねようとソードを見たら、ウンザリ顔で首を横に振っていた。

「確かに『踏破する』っつったけど、コレはねーだろ。プレッシャーをかけようとしてんのか？」

なるほど。ダンジョン踏破宣言で皆がワクワクしているということか。

「なら、応えた方がいいぞ？　ダンジョン踏破のワクワク感は、皆で味わうべきだ！」

私はそう言うとヒラリとリョークの上に乗り、拡声魔術で叫んだ。

「ダンジョン踏破にワクワクしている諸君！　今から私とソードが、ダンジョン最深部まで行って、ボスと会話して倒してくるぞ！　冒険譚《ぼうけんたん》を……語るような冒険譚があれば、戻ってきたら語ってやる！　楽しみに待っていろ！」

私の宣言に、周りが笑いながら手をたたいて盛り上がる。

「ソードも乗れ！　お前も宣誓しろ！」

ソードは片手で額を押さえていたが、決心したようにリョークに乗った。

「冒険者ソードだ！　横にいるインドラと【オールラウンダーズ】ってパーティを組んだ！　これから俺とコイツとこのゴーレムとでダンジョンに潜る！　必ず最深部まで到達してみせよう！」

ソードの宣誓は笑われず、私たちは爆発のような歓声に包まれた。

「なぜ、私の時は笑われたのだ？」

首をひねると、ソードが笑う。

「お前のワクワク感は、バカっぽいからだよ」

そんなことはありません。普通です。

ダンジョン前に着くと、盛り上がりは最高潮。まるで格闘技場での選手入場を歓待するファンのようだな。

「ハイタッチしながら入らなければならないお作法か？」

「ねーよ。なんの祝いだ」

私の問いに、ソードがぶっきらぼうに答えた。

そうか。なら良かった。ダンジョンに入る前にソードに渡したい物があったのだ。

私はマジックバッグからスマートウォッチのようなリストバンドを取りだし、ソードに渡す。

「そのリストバンドは無線通信魔導具だ。そのままでも会話出来るが、腕を顔に近づけた方が聞き取りやすいし話しやすい。他に、タップする、もしくは命令すればリョークの作った地図が表示されるぞ」

バンドの色は、私が青緑でソードは白にした。パーソナルカラーらしいからね。

ソードはイソイソと手首に巻き、くるくると手首をひねりながら言った。

「お前って、たまーにかっこいいの作るんだよなー。地図が出る以外の機能はあんのか？」

前半の失礼な発言は無視して答える。

「生体情報だな。あとは、時計機能だ。お前からもらった懐中時計もレトロで良いものだが、冒険者はこっちの方が使い勝手がいいからな。他にも〝アプリをインスト〟……失礼、機能を入れられるぞ？　希望が出たら言ってくれ」

「了解！」

ソードが、とってもうれしそうに返事をした。

そんな姿を見て思う。

ソードってガジェット好きだよね。別世界にいたらＳＦアニメにハマるタイプだな。

リストバンドをいじり回しているソードと、それを生温かい目で見ている私の前にダンジョンへの案内係が現れ、私たちを優先的に通してくれる。

順番を待っている人たちがえこひいきしやがって……とは思っていないな、むしろ周りと一緒に歓声を上げて盛り上がっている。悪意センサーのソードが苦笑しているので、フリではなく本当に私たちに期待を向けているのだろう。ふむふむ。私も徐々に気分が高まってきたぞ！

入り口の前に立つと、念のために軽く柔軟体操した。リョークなんてやっても意味ないのにやっている。超ラブリー!!

息を整えたソードが掛け声をかける。

「よし！　行くぞ！」

その掛け声を聞いた見送り連中の大歓声を背に、私たちは突入した。

先に入っていた冒険者たちを避け、天井や壁を走る。――と、さっそくソードが無線を使って教えてくれた。

「十階降りるごとにボスの部屋がある。恐らく順番待ちがあるぞ」

「それもお約束だな。しかたないから十階でいったん止まろう」

襲いかかる魔物に出くわすこともないまま最短の道を走り、あっと言う間に十階に到着した。

順番待ちはなかったが、中に先人がいるらしくボス部屋の扉はまだ開かない。

私は別世界の知識をふと思い出したので、ソードに聞いてみた。

「ダンジョンで採取、もしくは狩猟した方がいいものとかあるか？」

狩りゲーの基本、それはそこでしか取れないブツを得ることにある。『ダンジョン』という、ダンジョンコア様が経営しているアトラクション内で敵を倒した際に現れる景品、いわゆる『ドロップアイテム』には、当然ダンジョンでしか得られないものが多数存在するだろう。代表的なものでは回復薬とか白金貨とか。このフーランド王国随一のダンジョンでのみ得られるドロップアイテムというものがあるのなら、積極的に回収したほうがいいのではないかと考えたのだ。

「四十階までは俺たちじゃなくても到達してるパーティがいるから大丈夫だろ。五十階は……アンデッド階層で不人気なんだよ。俺以外で五十階層を突破したやつはいないけど、そもそもアンデッドのドロップアイテムをほしがるやつはまれだから、気にしなくていい」

と、ソードが教えてくれた。ふーん、なら通り抜けても良さそうだな。

「じゃあ、六十階層から真面目に狩猟をするか」

「その話は後でな。……開いたぞ」

十階のボス部屋の中に入ると熊さんがいた。ガオー！　って両手万歳で威嚇している。何コレちょっとかわいい。

……って思ったら、ソードがサクッと殺した。

「じゃ、行くか」

さっさと宝箱を開けて、促してきたし。

私は眉根《まゆね》を寄せ、ソードに苦言を呈した。

「……私を冷静だとか言うけどな？　お前だって、がおー！　と、かわいくポーズしてきたラブリーな熊さんをなんの感慨もなしに瞬殺しているじゃないか」

私はがおー！　と両手で威嚇しつつお尻《しり》を振ってラブリーポーズを決めるが、ソードは冷めた声で返す。

「俺、魔物を『ラブリー！』なんて思わないから。ホラ行こう、走れ」

なんでだよー！　かわいかったじゃんかー！　とすねる私の背をソードが押して促す。

そうして、二十階も簡単に通り過ぎ、三十階まで順調に進んだ。

ボス部屋の待ち時間の方が長いよ。

三十階のボス部屋までクリアした後、私は不思議に思うことがありソードに尋ねた。

「ここのボス部屋を出てから、引き返す連中ばかりだったのはなぜだ？」

「次の階層は昆虫魔物が出るんだよ。お前と違って、普通の冒険者は昆虫魔物を苦手とするやつが多いんだ。一部の昆虫魔物からは人気のあるドロップアイテムが採れるんだが……ま、着いたら話す」

言葉を濁すソードとともに虫エリアの四十階層に向かう。

そこは、ジャングルだった。……ジャングルに虫、とか安直すぎない？

「では、サクッとボス部屋まで行くか」

私がつまらなそうに言ったら、ソードが頭をかいた。

「ま、それでもいいんだけどな。さっきも言った通り、このエリアのドロップアイテムにはお前が興味ありそうな、人気のものがあるぞ」

「蝗虫《こうちゅう》の煮付けは食べない主義だが仕方ない、そんなに好物ならお前のために作ってやろう」

即答したらソードから拳固《げんこ》が来た。

「俺だって食わねーわ！　そうじゃねーよ！　ここはミリタリービーが出るんだよ！」

迷彩柄の蜂？　迷彩柄は好きだけどさぁ、興味あるかと言われてもそこまではー……って考えていたらソードが怒鳴った。

「倒したドロップアイテムは、蜂蜜《はちみつ》だ！」

「よし、狩りまくろう。私の広範囲攻撃魔術を駆使して、バッサバッサと狩りまくろう」

瞬く間に意見を翻したら、ソードが私を半目で見た。

「途端に乗り気になったな……。でもお前、麦からも蜜《みつ》を作れるんだろ？」

ソードの問いに私は首を横に振る。

「麦蜜と蜂蜜は別物だ。ちなみに蜂蜜も酒になるんだ。上質の蜂蜜は、上質の酒になる」

「よし！　任せろ！　お前ほどじゃないにしても、俺も広範囲攻撃魔術は使えるんだ！」

ソードも乗り気になった。リョークも踊って戦意表明。皆、殺《や》る気スイッチが入ったぞ！


飛蝗《ばった》や芋虫、蛾やカマキリ、蜘蛛《くも》階をすっ飛ばし、蜜蜂階へゴー！

ボス手前の階は、一番ミリタリービーが多く出没するらしい。ならばそこで狩りまくろう。

現地まで超特急で進み、着いたらさっそく蜜蜂《みつばち》狩りをする。

ブンブンとかなりの大音量で飛んでくる大きな蜜蜂……え？　スズメバチっぽいんだけどアレ。胴体が猫くらいの大きさで、脚が長く、ランスのような形状の最大にして直径五センチほどもある針をオシリに携えている。

あの長い脚で拘束し、ザクッと刺すのだろうね。

毒針なのだろうけど、その前にあの針で貫かれただけで普通の冒険者は死ぬと思うよ。

近付かれる前に私が真空魔術を操り出すと、ミリタリービーは粒子になって消え、蜂蜜の入った袋が地面に転がる。それを見た私はハイテンションになった。

「私を蜂蜜採取のプロと呼ぶがいい！　蜂蜜大好き熊さんも真っ青だぞー！」

ソードは詠唱を素早く行い、ドカンドカンと魔術を決めていく。

リョークは討ちもらした蜂をガトリング魔術や、ときたまランチャー魔術で撃ち殺している。

「おりゃぁぁぁあ！　テメェ等、俺の酒になれーーーー！」

ソードの心の声が、魂の叫びが響き渡り、最後の一匹まで狩り尽くした。

「うん。ちょうど昼になったので、ランチにするか」

時計を見て私が言うと、「そうだな。ついでに、酒を仕込んでくれよ」と、ソードが返した。

――本当に、ソードはお酒に対してぶれないよね。

せっかくなので採れた蜂蜜を使って、ハニーミートグリルを野菜と一緒に焼いたパンに挟む。ソードには、柑橘《かんきつ》ハニーハイボールもサービスしてあげた。

「お前ぇ!?　なんだよ、優しいじゃねーか！」

酒を見たソードが大仰に驚く。

失礼な。いつもは優しくないみたいに言うな。私は屋敷の使用人やベン君に、ソードを甘やかし過ぎだと言われ続けているぞ。

私がぶーっと膨れると、ソードが笑って私の頬をぶにぶに片手で押した。ご機嫌だね。

ソードは何よりもまず酒を飲む。しかも一気飲みしたし。

「あっ！　これいいな。甘いけど、食前酒で軽く飲むなら普通のハイボールよか、こっちの方が味が良い」

ソードが感激したように言った。

「上質な蜂蜜の味と香りは、ウイスキーと合うらしいぞ。柑橘の酸味と香りがさらに味を引き立たせるらしい」

「——お前って、ホントスゲーな。酒を飲むわけじゃねーのに、なんでうまい酒の味がわかるんだ？」

感心したソードにまじまじと見つめられたので、まじまじと見つめ返す。

「……それはたぶん、お前が何でも『うまいうまい』って飲んで食べるからだ」

「は？」と、意味が伝わっていないのかソードに聞き返されたので説明した。

「私の作る料理は、唯一絶対の美食じゃない。嗜好《しこう》によって好き嫌いが出るはずだ。そもそも、素材で好き嫌いするやつだって普通にいるだろう？　……だけどお前は言わない。残さずきれいに、おいしそうに食べてくれる。『うまい』と言ってくれる。それはな、作り手にとって、最高の勲章だ。金を積まれるより『うまい』の一言がほしいと思っている。実際、実家で料理人の作った料理を食べていたころ私が『うまい』とようやく言ったとき、料理人は泣いた。……私は彼の料理を一度も残したことなどないのにな」

「…………」

ソードが、私を見つめた後、微笑《ほほえ》んだ。

「そっか。んじゃ、俺ってよ、お前にとって、やっぱ、最高のパートナーなのか」

――とんでもないこと言い出しおったわ。

プイッと顔を背けたら、片頬をつままれた。

「おいぃ？　そこは『当たり前のこと言うなバカ』とか返してくるとこじゃねーのか？」

「知らん！」

私は片頬を引っ張られてびよーんと伸ばされたまま、そっぽを向き続ける。

「なんだよ？　照れてんのか？　俺のこと、最高のパートナーって、思ってるだろ？」

「知らん！」

そんな、当たり前のこと、聞くな！


――休憩を挟んでも蜂がリポップしなかったので、諦《あきら》めてボス部屋へ入った。

中には熊のように大きな蜂がいた。しかも、フッサフサの豪華なファーを首に巻いている。なるほど、あれがクィーンミリタリービー《女王蜂》だな。

私はクィーンミリタリービーを見て、ひらめいた。

「私はこのボスの宝箱の中身がわかったぞ！」

「え？　なんでだよ」

いぶかしむソードを横目に見つつ、一直線に向かって飛んでくるクィーンミリタリービーを木刀で一閃《いっせん》し、叫んだ。

「〝ローヤルゼリー〟だ‼」

「……なんだよソレ」

ソードが『わけわからん』といった顔をしている。だよね。

こっちの言葉では何て言うのかにゃ？　習った語句にはなかったんだよなぁ。

「うーん……。モノとしては『クィーンミリタリービーのご飯』だな。本来は、花粉と蜜を食べた蜂が唾液《だえき》と一緒に吐き出したもののはずだが」

「うーわ、お前の説明を聞くと、食欲が失せるわ」

ソードが顔をしかめた。

「栄養価は高いはずだ。何せクィーンミリタリービーに進化するには、選ばれしミリタリービーがこれを食べないといけないはずだ……が、ここではダンジョンコア様に召喚されるんだったな」

と、話しながら宝箱を開けた。

私は中身を見てうなずく。

「うん、やっぱりローヤルゼリー」

「俺、手に入れても売り払っちまってたから知らないんだけど、何かに使えるのか？」

ソードに聞かれたので、私は手を顎《あご》に当てて考え込んだ。

「……うーむ。別世界では主に年配層が摂取していたような気がする。つまり、若い私たちには不要のものだ」

ソードが私の言葉に目をパチクリさせたあと、笑った。

「お前、今まで散々俺をおっさん扱いしてきたのに、どういうことだよ？」

「そんなヒヨッコだと知らなかったんだ。新米もいいところって年齢じゃないか」

ソードは驚いた顔になった。

「お前のいた世界って、俺の年齢でもそんな扱いなの？」

私はしっかりとうなずいた。

「一概には言えないが、学び舎を出てようやく働きに出た、という年齢だな。――この健康食品は、もっと歳を取ってからでも充分だろう」

「売ろうぜ」

ソードはマジックバッグにポイッと放り込んだ。


さて、次の五十階層はお化け屋敷、もといアンデッド層なのだが。

「お化け屋敷をこのメンツで行くのか……」

すさまじくつまらない道中になりそうだ。

気落ちする私にソードが軽く言った。

「とっとと抜けりゃいいだろ」

確かにそうだねとそのときは思ったのだが、フロアに降りたら方針を変更するほど感心した。

「わ！　結構、趣向を凝らしてあるんだな！」

墓地を抜け、奥にある屋敷の地下へ入るような演出になっている。

通り抜けるだけではもったいない。怖がるメンツがいないのならば、別の遊び方を考えるべき階層だぞ。

「ヨシ！　せっかくだから、敬意を表してちょっと遊ぶか」

そう言って私が取り出したブツを見て、ソードが目をキラキラさせた。

ソードってホント、こういうのが好きだなー。

「いくつかあるが、それぞれ特徴がある。頭にたたき込めよ？」

いつかこれを使える機会が出来たら遊ぼうと思って、別世界の有名ガンシューティングゲームを参考に、魔素ガンを作ったのだ！

まさしく今がその時だ。

「ショットガンは単発で、クールタイムが六発ごとに二秒。サブマシンガンは十連射可能で、十連終わると五秒。レーザーガンは使用時間制限があり、一分を超えるとクールタイムに一分。十秒使って十秒休ませればまた最長一分連続使用出来る。ガトリングは、クールタイムはないが発射数の上限に達したら終わりだ。最後に、手りゅう弾だ」

五発渡す。

「投げれば半径百……まぁ、中心から広範囲に渡り絶対に死ぬので、巻き込まれないようにしろ」

説明する私にソードは感嘆した。

「お前、凝ってるなー！　ホンット、楽しむために全力を使ってるよな！」

「当たり前だ。いつか訪れるであろうこの日のために、コツコツ用意したぞ！」

お化け屋敷をただ淡々と進むなんてつまらんことをしたくない！　でも、これなら楽しい！

しかも、縛りも用意するのがお約束だ！　チート攻略なんて邪道の極み！

ソードは超うれしそうにそれぞれのガンを確認している。その姿を見て、うむうむと満足げにうなずいた。

「お前が乗り気で良かった」

「ん？　なんでだよ？」

ソードが顔を上げたので、私は指を一本立てて説明する。

「競争するつもりだからだ。――これらのガンを駆使し、ボス部屋前まで私たち……もちろんリョークも含めて点数争いだ‼　倒した数と使ったガンの性能により点数を加算していく。ショットガンで倒すのが一番点数が高いが、威力は一番低い。あくまでもガンで倒した数で、剣や魔術は無得点だ。点数の確認及び順位は、リストバンドで確認出来る。話し掛ければスコアが出てくるぞ。私やリョークは魔術で遠方や潜んでいる敵も見えるが、肉眼でしか見えない分お前の方が不利だろうから、お前の加算は一・五倍に増やしておいた」

最後の言葉を聞いたソードが途端に無表情になった。

「いらねーよ。お前等と同条件で結構だ」

お、かなり殺《や》る気になっているな。

「わかった。じゃあ、加算条件はみんな同じに戻すぞ」

プログラミングを修正し、私はソードにニコリと笑いかけた。

「私の人生の愉しみ方は間違っているか？　こんな生死のはざ間で、点数争いを楽しむなんておかしいと思うか？」

その言葉を聞いて、ソードがやけになったように肯定した。

「あぁ、ぶっとんでる。お前の愉しみ方はおかしいぜ！　――でも、どーせならこれくらいやらねーとな！　俺たちは、生死を賭《か》けたゲームを楽しんでるんだ！　チップは自分の命！　上等じゃねーか！」

ソードは叫ぶと、壊れたように笑った。

「はは！　非常識すぎるお前がいて、ようやく人生が楽しくなってきた！　ダンジョンを攻略する意味なんて考えたこともなかったけど、そうか！　こうやって遊ぶものなのかよ！　なら思いっきり楽しんでやるさ！」

スイッチが入ったように笑い続けるソードに、私はクールにツッコんだ。

「いや、かわいくおびえる女の子が一緒にいるのなら、遊ばなくても十分楽しいぞ？」

途端に笑いを止《と》めたソードが、私を冷眼視した。それに知らんぷりして注意事項を伝える。

「地図はまめに確認しろ。地図ばかり見て足をすくわれてもまずいが」

ソードが手をヒラヒラ振った。

「わーってるって。伊達《だて》にSランクじゃねーから」

むしろゲーマーだよな。ゲームなんてやったことないはずなのに、ハンデなしでランキング首位を狙おうだなんて普通ないからね。

私は、気合いの入っているであろうソードに言っておいた。

「まぁ、上位はリョークだろうけどな。リョークたちは威力の高い魔素ガンをクールタイムなく使える」

「うっわー。それを早く言ってほしかった」

ソードと視線を合わせると、笑い合った。

「では、行くぞ！」

――掛け声と共に一斉に駆けだす。

「うっひょー！　やりますよー！」

って言ったのはソード専用のリョーク。

いきなりランチャーをぶっ放し、一気にランキング一位。私のお供のリョークも、負けじとジャンプして、ガトリング連射。ちくせう。

私は、遠くにあるゾンビの巣に、手りゅう弾を遠投でお見舞いした。ソードは……あ、チクチクショットガンで撃ってる。攻略法がそれぞれ違うなー。

皆、思い思いに敵をシューティングしていった。

それから三時間ほど経過し、とうとう全員がボス部屋前に集結した。

ソードが最後にやってきて、私に聞いた。

「途中から順位が出なくなったのは仕様か？」

私はうなずいて答える。

「そうだ。ボス部屋のある階に一人でも到達したら出ないようにした。先に結果がわかったら面白くないだろう？」

リポップを考えずに先に行くのもまたよし、リポップを全部駆除して到達するもまたよし。一応、到達順位も総合ランキングに入れてあるのだ。

「さぁ！　リョーク、順位を！」

リョークが、「じゃらららららららららん！」とドラムロールの真似をして、ボス部屋の扉にホログラムを出す。

「おし、やった」

ガッツポーズするソード、一位。

「のおおおぉおぉぉおおお！」

頭を抱える私、まさかの最下位。リョークたちは同点で二位。

「なんでー⁉　なんでなんで！」

ガンを作った本人なのに⁉　ルールも作った本人なのに⁉　最下位ってどういうこと⁉

私は地面をたたいて悔しがる。そして叫ぶ。

「なんで一度もやったことのないやつが一位なのだー！　私なんて、別世界でやりまくっていたのにぃ！」

暴れる私を見て、ソードが肩をすくめた。

「そりゃ、俺は過去にここをクリアしてるからな。そのときの情報が頭に入ってるんだよ。武器の特徴が分かれば、どこでどれをどのタイミングで使って倒していけば効率的かわかるだろ？」

なんですとー⁉

私はビービー泣いて悔しがった後、うながされてボス部屋に入った。

フロアボスはキングスケルトン。会話すら出来ないヤツで、ますます盛り上がらないのでソードに倒させた。

「一位のやつが勲章として始末しろ」

「そうすねるなって」

すねるに決まってるじゃんか！

ぶっすー！　と膨れていたら、ソードがよしよしとなでた。

「面白かったぜ？　心置きなく俺も楽しめた。だから、ありがとな？」

――ソードが不意打ちで礼を言ったので、ぶすったれた気持ちが吹っ飛んだ。

「……なら、いいけどな？」

唇をとがらせて言うと、ソードが微笑んだ。

「お前と真剣に勝負して、お前に勝って高笑いして、お前に負けて悔しがって、これからもお前と一緒に楽しむよ」

「………うん」

――そんなに楽しかったなら、うん、まぁ、作って遊んだかいはあったけどさ。

…………でも。

「やっぱり、負けて悔しい‼」

私が思いの丈を叫んだら、ソードが大笑いした。

四章

六十階層に降りたら、見渡す限りのススキ野原だった。

「……これは……」

思わずつぶやいたら、ソードが私を見た。

「なんかわかったか？」

某ゲームにあった湿地帯に非常によく似ているぞ。

私はその知識を思い起こしながら語る。

「想像だがここはススキ野原の沼地で、ススキに隠れてあちこちに毒の沼地がある。この世界の毒がどんなものかはわからないが、足を踏み入れた瞬間に毒に侵される」

「あー……なるほどな。わかる、わかった」

ソードはそう言って頭をかく。

上を見上げると、地下に降りているというのに空が広がっている。しかも、夕暮れにさしかかっていた。ダンジョン内にも、昼と夜の概念があるエリアもあるのだな。

だが、当然ながら天井があるだろう。

「簡単に進むならシャールで天井すれすれを飛ぶ。ただし、おそらくお約束として舌を伸ばして獲物を捕まえて食う魔物が生息すると思われる。さて、どうしようか？」

私がそう言って腕を組んだら、ソードはパン！　と手を打った。

「ま、対策はあとでゆっくり考えるとして、そろそろ野営にしようぜ？　さっきので疲れたしよ、ここはセーフエリア《安全地帯》。酒も飲めるってワケだ！」

珍しくソードのテンションが高い。単にお酒を飲みたいだけかな？　まぁいいや。

ちなみにセーフエリアとは、魔物に襲われず罠《わな》もないスポットだ。もちろんダンジョンの中でのお話で、外からダンジョンに入り込んできた野良魔物や冒険者同士の争いには適用されません。

あっという間に日が落ちて星空が広がった。星の光源でそこそこ明るい。よし、ここはキャンプファイヤーだな！

たき火をたいて、枝に刺して火で炙《あぶ》った串焼《くしや》きを出したら、ソードは大喜びだった。

……冒険者って、キャンプファイヤーっぽいことしないのかにゃ？　って考えていたらソードがリュートを持ってきて突き出した。

「なんか演奏してくれ」

「……確かにたき火で音楽はお決まりだけどな？　そのお約束、なんでお前が知ってるんだ？」

リュートを受け取りながら聞いたら、

「なんか、たぶん、そんな感じがした」

と、ソードが返した。

ヤヴァイ。ソードの物事の柔軟性と対応力がパない。

定番のキャンプファイヤーソングをこっちの言語に当てはめて適当に歌ってみたが、思いのほか好評のようだ。酔っぱらったらしいソードが、私の歌に合わせて鼻歌を歌いだしたよ。

しばらくして、ソードが突然言った。

「……お前ってさぁ、それこそ歌姫になれたな。王都の劇場を埋められたかもだぜ？」

へぇ、この世界にもアイドルっぽい人がいるのかな。ちょっと見てみたい気もする。

私はソードに肩をすくめてみせた。

「歌姫になるなら、私の知識だとパトロンが必要だな。……誰かに身体《からだ》を与えてその見返りで歌を歌わせられるだなんて、冗談じゃない」

「…………ふーん。音楽家って、そんなモンなのか」

いや知らないよ。この世界のことはソードの方が詳しいじゃん。と思ったけれどそれは言わない。

「……最後に、陽気な曲を歌ってくれ」

ってソードにねだられた。

「ならば、歌詞は適当でいいからお前ももう少しハッキリと歌え」

「は？」

私からも要望を伝えたら、ソードがキョトンとする。

「は、じゃない。先ほどから鼻歌を歌っていただろうが。歌えるのなら、声に出して歌え。ほら、これを振り回せ。お作法だ」

長ネギがなかったので、ススキをむしって手渡した。

「じゃあ、いくぞ」

リュートをかき鳴らしながら有名なポルカを歌う。

繰り返し歌っていたら、覚えたらしいソードが歌いだした。学習したリョークも歌いだした。

……そのうち、セーフエリアの周りにいるカエルらしき魔物も覚えたらしい。あちこちから、ポルカの陽気な鳴き声がゲコゲコと聞こえ、大合唱ののちに夜は更けていった。


——さぁ、朝日は昇っていないがダンジョンが明るくなったので朝だ。

寝る前に考え、思いついたことを私はソードに告げる。

「この場のみでだが、有効な手段を思いついたぞ」

「どんな手だよ？」

私は胸を張って答える。

「ズバリ〝輪唱〟だ！」

ソード、無反応。うん、わからないよね。知ってた！

「とにかく今から歌うから覚えろ。ゲーコーゲーコーゲーコーゲー」

歌い終わると、ポカンとしているソードが聞いてきた。

「……なんだ？　今の歌」

「なんだ？　と言われてもな。覚えたか？」

ポカンとしたままソードがうなずいた。

「……まぁ、簡単っちゃあ、簡単だけどよ……」

「これを、このフロア全員で〝輪唱〟するのだ！」

私が宣誓すると、ソードがようやくツッコんだ。

「お前、今、自分の言ってることがワケわかんねーの、気付いているか？」

うん。わかっているよソード。

「適切な語句が見つからないのだ。……うーん『後追い歌』かな？　私とリョークでひとまずやってみる。リョーク、私が『ハイ』と言ったら私に続いて同じように歌え」

「「あいさー！」」

リョークたちが元気よく返事をしたのを見てうなずき、歌いだす。

「ゲーコーゲーコーゲーコーゲー、ハイッ！」

「ゲーコーゲーコーゲーコーゲー」「ハイッ！」

「ゲーコーゲーコーゲーコーゲー」

実践してみたらすぐソードも歌いだした。

「ゲーコーゲーコーゲーコーゲー」

同じくカエルの魔物たちも歌いだした。

「ゲーコーゲーコーゲーコーゲーッ」

説明しなくても状況を理解したらしいソードと視線を合わせ、シャールに乗り込んだ。

拡声魔術で輪唱を響かせつつ、シャールで飛ぶ。まったく襲われない。襲われないが、鳴き声がすごい。盛大な輪唱で無事、階段まで到達した。

　階段を下りつつ、私はつぶやいた。

「襲われたらためらいなく殺すが、昨夜一緒にキャンプファイヤーで盛り上がった同志を殺すのも忍びなくてな。殺さずに済んで良かった」

　ソードが苦笑した。

「歌が好きな魔物ってか。セイレーンかよ」

　セイレーン、いるんだ？

「セイレーンの歌声に惑わされないようにするには、音程を外して一緒に歌うと良いそうだぞ？」

　その話を冗談かと思ったソードが笑い出した。

「わざと外すのか。むしろ高等テクニックだな！」

　何をおっしゃるソードさん。

「それはな？　この世界の人間は歌わないから知らないだけで、音程通りに歌えない人間というのは案外いるんだぞ？　むしろ音楽の教養の少ないであろう、こちらの人間の方が多いかもな」

　ソードがギクリ、と身体を揺らした。

「………俺は？」

「合っていたぞ。良かったな」

　ソード、心からホッとしたようだった。

　さて、先ほどの階は何事もなく通過したが、問題は次の階からだ。

　私とソードは常人ではないゆえ毒に侵されないだろうが、リョークが大丈夫かが分からない。

　この世界の毒とは、生命活動を阻害する物質の総称を指すのではなく、『毒状態』という状態異常を引き起こす、正体不明の何かのことを指す。だからこそ『解毒薬で治る』のだ。

「……この世界の魔素はやっかいだな。毒といっても様々な種類があるのに『毒の沼』と一言で済ませ、そこに入ったら装備など関係なく毒状態にする、って意味がわからないと思わないか？」

　私がぼやくとソードが肩をすくめ、からかうように言った。

「ま、そこに意味を求めるのはお前だけだろうな。何の毒にかかろうと解毒薬があれば治るし、そもそもお前に毒は効かないんじゃないのか？」

「リョークはどうするんだよ」

　思わずツッコんだら、ソードが憤った。

「お前、俺の心配もせずに、リョーク……ゴーレムの心配をするのかよ！」

「お前だって私と同じく超人なんだから毒なんて効かないだろう。だけど、リョークには有効かもしれない」

「むしろリョークにこそ効かねーだろゴーレムなんだから！　何度も言ってるけど、俺は、フツーの人間なの！」

　何を言っているのだ、普通の人間が私よりガンシューティングのランキングが上のワケがない。

「……リョークに効かないなら、普通に行くか」

「いや、俺には効くから。普通の毒ならまだしも猛毒だと死んじゃうから」

ソードがなんか言っているけれど聞こえなーい。って耳を塞《ふさ》いだら、グリグリされた。

「いたいいたいいたい。大丈夫だソード、お前はSランク冒険者の英雄だろう？　よく言うじゃないか、『英雄は死なず』」

「聞いたことねーよ！」

ソードは怒鳴ったあとため息をついて、詠唱し始めた。毒状態を無効にする魔術とかかな？

私はリョークに指示を出す。

「リョーク、機体への毒の侵入を防ぐために魔素障壁を展開しろ。お前たちには効かない……らしいが、念のためだ」

「「あいさー！」」

リョークたちは敬礼して、魔素障壁を展開する。

ソードが私を疑うように見た。

「お前は対策しなくて大丈夫なのか？　いくら毒耐性があっても猛毒だと危険だぞ」

「毒状態になったら考えるが、魔素が私に作用するのならば、解析し対策をとれる」

私が気楽に言うと、ソードが諦《あきら》めたように天を仰いだ。

すすきの生い茂る沼地を走り抜ける。

必殺！　忍者走りで！

そう！　あの、沈む前に足を離せば水上を移動出来るのではないか？　というアレだ。

……実際のところ、そんなんで水上を走れるわけがないので、重力制御と反作用の魔術を使って走っている。

リョークには浮力の魔術をつけた。これで、毒の沼に触れずに渡ることが出来るな。

ソードも魔術でどうにかしているようだ……と考えていたら、虫が弾丸みたいに飛んできたぞ！

私は木刀ではじき飛ばし、リョークは魔素障壁で弾き、ソードは避けるか斬っている。

――ん？　ソードがまた何か唱えだしたな？　と思ったら、バリバリバリッと音がした。

どうやら広域魔術を使ったらしい。ススキが焼け焦げ、虫がバサバサ死んだ。

「……うっとーしいんだよ！」

ソードが怒鳴った。

以降そんな感じで、ややキレ気味のソードと駆け抜け、あっという間に六十階層ボス部屋前に到着。

特に毒状態にはならなかったな。毒状態ってどんなんだか知らないけどさ。

むしろ、強酸の沼とか、塩素の沼とか、強アルカリの沼とかがあったならソッチの方が危険だった気がする。

特に何事もなかったし、このままボス部屋に突入するか。

――と気楽に考えていたら、ソードが手を挙げた。

「悪い、疲れた。休憩したい」

見上げると、確かにソードの顔色が悪い。

私はソードをのぞき込みながら言った。

「そうか。具合が悪そうだな。今日はもうここで休もう」

ソード、私が言うなりぐったりと座り込んだ。え……大丈夫かな？

「シャールの中で休んだらどうだ？　私が野営の準備をしておく」

「……そうさせて」

シャールを出すと、その中に這《は》って入る。

……いつの間にか状態異常を受けていたのか？　私はなんともないのだけれど……うーん。私とソードは同じようで違うのかな？

というか、私が違うのか？　両親やその家系が変わっていたとは聞いていないが……でも今はどうでもいいか。それよりもソードの様子だ。

ソードのあとを追い、ベッドに寝転んだソードをのぞき込んだ。

「生きているか？」

「……なんとか」

つらそうなソードを見て、ソワソワしてしまう。

どうしたのだろう。ここまで具合が悪くなったことは今まで無かった。なにがあったのだろう。

「毒の沼地にはまったのか？　……私にはわからなかった」

困って聞くと、ソードが途切れ途切れに返した。

「………や、毒、じゃ、ない。ちょっと、魔力、使いすぎ」

魔力を使いすぎ？　どういうこと？

「魔力回復薬、飲んだけど、そんでも、足りなかった」

魔力が足りないとこんなふうになっちゃうの？　大丈夫なの？

「……魔力を回復させるには、それしかないのか？」

寝ちゃいそうなソードをユサユサと揺さぶってさらに尋ねると、ソードが短く答えた。

「時間、経てば、回復」

時間が解決するって、どのくらいかかるの？　…………どうしよう。

「魔力は魔力回復薬で回復。あるいは時間経過。…………！　そうか！」

わかったぞ！　燃料不足か！　ガス欠か！

私はソードの耳もとで怒鳴った。

「ちょっと待ってろ！　作ってくる！」

「……いいから、寝かせて」

とか言われたけれど！　作るもん！　作っちゃうもん！

急いで作って持っていったら、寝ちゃってた。むぅ。せっかく作ったのに。

でも起こすのは悪いので毛布を掛けて、作った栄養ドリンクにメモを添えて置いて外に出た。

野営の準備をし、それも終わってしまって暇だったので白リョークにソードを見守ってもらい、
私は青緑リョークと今のうちに狩りへ行った。

弾丸虫魔物を倒すと甲殻をドロップするのだ。この甲殻、リョークとシャールの外殻よりも硬いので、これを利用すれば次回の脱皮でより強力な殻になる！

あと、蛙《かえる》もいた。

蛙魔物を倒したドロップアイテムは毒袋だったよ……。使い途《みち》がない。蛙の肉は食べられるらしいけれど、ダンジョン産の魔物は倒しても死体が残らずに消えちゃうんだよなー。残念。


狩りから戻ったらソードが起きあがっていたので、喜び飛んでいって声をかけた。

「おぉ！　起きたか！　大丈夫か？　栄養ドリンクは飲んだか？」

「つーか、アレ何？　魔力回復薬よか即効性があるんだけど」

うむうむ、顔色が良くなってるぞ。

私は満足げに何度もうなずく。

「アレか？　ミルク酒にリンゴ酢を加え、そこに、液状化した魔石を混ぜたものだ。フフフ、私はピンときたのだ！　つまり、リョークの燃料不足と同じ状態だったのだとな！」

「げ」

私の説明を聞いたソードがなぜか絶句したのだが？

「効いただろう？　ミルク酒は栄養価が高いし、リンゴ酢は疲れを取る！　そのままリョークの燃料を飲ませても良かったのだが味気ないだろうし、疲労回復のついでに全部混ぜたのだ！」

ソード、説明する私を凝視している。

「……どうかしたか？」

「………………おい。魔石なんか飲んで、大丈夫なのかよ？」

私は不思議そうに首をかしげる。

「なんでダメなんだ？　魔石はそもそも魔物からもお前からも私からも採れる、いわば内臓だろう？　魔素と、肉体を構成する細胞で出来ている、はずだ。これに熱を加えると液状化するぞ。酒に漬けておけば抽出も出来るかもしれんが、それはやったことがない」

「今度はそっちでお願い」

ソードに即お願いされた。えー。液状化の方が効くと思うのにぃ。

「嫌がるようなものじゃないぞ。魔物の肉を食べるのと一緒だろう？」

譬《たと》え話で付け足したら、合点がいったようにソードが手を打った。

「そっか、そういうことか。よし、そう考えよ」

……嫌だったらしいが、どうにか納得したらしい。

ソードが起きてきたので、そのまま昼食兼夕食にする。

本日のメニューは、弱っているソードのために消化と栄養価の高い柔らか煮込みとなっております。パンも、柔らかい饅頭《まんとう》にした。

ソードが食べながらぶちぶちと先ほどの話を繰り返す。

「……魔石ってのは本来食うモンじゃねーから、ちょっと忌避感がな。それこそ鍛冶屋《かじや》が燃料に使ったり、魔導具の素に使ったりするんだ。……ま、肉食ってんだから魔石だって食おうと思えば食えるだろ、って理屈は、わかるっちゃあ、わかる」

　ソードってば、そんなに魔石を食するのが嫌なのかしら。

「さすがに毛は食べてもうまくないから食わないが、骨だってよく煮込めばうまいスープになったりするんだぞ。粉にして飲めば自分の骨が丈夫になったりもする」

　ソードがうなずいて同意した。

「なるほどな。だから魔物は魔石を食うのか——お前は魔力を使わずに魔術を繰り出すから魔力切れの感覚がわかんねーんだろうが、枯渇すると意識を失って、最悪死ぬんだよ」

　何ソレ怖い。

　私がブルブルと震えると、ソードは私の頭をなでて頼んできた。

「……さっきのアレ、十本くらい作っておいてくれ。持ってる魔力回復薬は効きが悪いし、おまけにまずい」

　まずい？　ソレって何で出来てるんだろ？

　液状化魔石を味見したことあるけど、特に味はしなかったけどなぁ。

　ダンジョン産って謎だよね。むしろ私はそんな正体不明の謎物質を飲む方が嫌だよ。

「ならば、蒸留酒に混ぜよう。蒸留酒は日持ちするからな」

「やったー！」

　ソードが途端に喜んだ。

　うーむ。やっぱり甘やかしすぎかなーっと。

ソードが復活したのでボス部屋へ突入すると、デッカい飛蝗《ばった》と蛙がいた。サクッと殺して次の七十階層へ移動すると……。

「うわー！」

私は思わず声を上げてしまった。

なんと、火山地帯！　マグマの階だった。

ソードも驚いたように辺りを見渡した後、私を見た。

「こりゃスゲーな。対策しねーとヤバいぜ。どーするよ？」

私は腕を組んで答える。

「うーむ……シャールに乗り込み私の冷却魔術で冷やしつつ中からガンで敵を撃ちまくって通過すればボス部屋までたどり着ける。だが問題点としては、つまらないよな。却下だ」

ソードが「また始まった」みたいな顔をするんだけど、なぜだろう。

「…………。『つまらねー』ってよ、問題点なのか？」

大問題だ。楽しむために来たのにチート攻略とかダメ、絶対。

だが、ソードの魔力が尽きて死なれても困るので、ひとまずは私が全員に冷却魔術をかけよう。

「あ、涼しくなった」

ソードはつぶやきながら私の頭をわしわしとなでる。

私はなでられつつ考えた。さて、ここはどんなハンデで挑もうかなーっと。

「……では、地形ダメージはアリにしようか。マグマを踏んだらダメージだ」

私の意見に、ソードが呆《あき》れるを通り越して感心した。

「お前って、ホンットーに楽しむことに生きがいを感じてるよな。このダンジョンを無効化出来る力があるのに、楽しむためだけに、わざわざダメージを受けるようにするのかよ？」

もちろんですとも！

私が深くうなずくと、ソードは諦めたように尋ねてきた。

「お前の予想だと、ここにはどんな敵が出るんだ？」

「マグマを泳ぐ竜かな。割れ目から顔を出す、もしくは飛び出して攻撃してくる、と面白い」

予想というか願望を唱えると、ソードは合点がいったようだ。

「——となると、アレかね。……ま、いいか。お前に防護魔術を任せられるんならいけるだろ。じゃ、俺はコレで戦うか。持ってると涼しいし」

ソードがマジックバッグから剣を取り出したので、ニョッと首を突き出して見た。

「氷の剣か？」

尋ねると、ソードが軽くうなずく。

「そうだ。……お前は剣に興味がなさそうだし、つーか、その木剣一本でなんでもこなすから言ってなかったけどよ。俺は剣をいくつか持っていて、こうやって敵に合わせて使い分けているんだ」

私は目を輝かせて叫んだ。

「もちろん知っているぞ！　別世界でもあるお作法だ！」

……だけれど、すごく強いダメージを与える剣がある場合は、それ一本でまかなえてしまうのも確かなんだよね。

思わず狩りゲーの曲を歌い出したら、ソードに笑われた。

「お前って、こんな状況でも歌うのな」

確かに、常人なら無事では済まない地形だよね。

私はソードに先ほどの地形ダメージの続きを話した。

「とりあえず、マグマは踏むな。熱い！　って思う程度のダメージは受けるようにしてある。飛んできたマグマに当たってもダメだぞ？」

「うん。その前にフツー、死んじゃうよね？　ソレ」

私はスルーして意気揚々と言った。

「大型の魔物もウヨウヨいる……といいな。ドロップ品も何が出るか楽しみだ。では出発！」

「はいよ」

テンションの低いソードと共に、マグマの階層攻略に向けて飛び出した。


しばらく歩くと、辺りの景色は殺伐としていかにも火山地帯という雰囲気になった。視界が赤と黒で染まる。

さすがに地面が裂けてマグマが噴出するようなことはないのだけれど（実際、リアルでそんなん起きたら死ぬよね）、この地面、かなり熱いんじゃないかな？　植物はいっさい見当たらないし、ひたすらゴツゴツしたマグマ跡が続いている。

普通の魔物だと確実に焼け死ぬだろうし、焼け死ななくても食べ物がないので餓え死にしそうだなー……と考えていたら、敵にエンカウントした。

その敵を見て、火山地帯といえば定番の魔物を思い出した。

火の精霊！　サラマンダー！

燃え盛るヒトカゲを見て、私のテンションが急上昇した。

「おぉお！　お前の存在を失念していたぞ！」

喜ぶ私にソードがクールにツッコむ。

「さっきお前が言ってた敵って、コイツのことかと思ってたんだけど」

ソードはなんの感慨もなく一閃《いっせん》。粒子になって消えるヒトカゲ。

「のおおぉぉぉお！　ヒトカゲェーェエ‼」

ヒトカゲが！　かわいいヒトカゲがぁあ！

私がもだえると、ソードがうんざりした声を出す。

「お前、魔物を愛でるのやめろ。どーせうじゃうじゃ湧いてくるから」

確かにそうだけどさぁ！

――だがしかたない。愛でている場合じゃないくらいに湧いて出てきたので、広範囲にデッカい雹《ひょう》を降らせた。

「うーわ、お前の氷魔術、えげつねーな」

そう言ったソードを、私はキョトンとして見た。

「いや？　今のは氷魔術じゃない。この世界でもあるんじゃないか？　暑い日に急に空が曇ったかと思ったら、氷が降ってくることが。アレは……」

「あー、わかった。大丈夫だ、お前が博識で天才なのはわかってる」

耳に指を突っ込んだソードに遮られ、皆まで言わせてもらえなかった。

ぶーぶー言いつつ雹を降らせる。ヒトカゲは雑魚らしく、雹に当たると簡単に消えてしまう。

サラマンダーか……。そんな題名の歌があったようなと思い出して歌いながら狩り、ソードはそんな私を冷めた目で見ながら剣と魔術を使って狩った。

「楽しそうでけっこうなことだな。ま、愛ですぎて『殺せない』とか言い出さなくて良かったわ」

まぁね。だけど、余裕があったのは浅い階層までで歌いながらでも簡単に攻略出来たのだが、下層に進むにつれてそういうわけにもいかなくなってきた。

「やはり、階を下るにつれ凶悪になってくるな」

思わずうなった。

マップも広大で、私たちの快足でも結構時間がかかるし、敵もフロアボスみたいなデッカいのが出てくる。

恐らくウィルオウィスプ《鬼火》……というかボムだろアレ！　絶対爆発するヤツ！　っていうドデカい火の玉が出てきたので、真空魔術で速攻かき消した。

ソードが不思議そうに私に尋ねてくる。

「今のって、真空魔術だっけか？　あの魔物って生き物でもないのになんで消えたんだ？」

「火は、空気がないと燃えないからだな」

私が答えると、ソードが「え？　そうなの？」って顔をして尋ねた。

「……火炎魔術に水魔術とか氷魔術とかじゃなくて、真空魔術……？」

「水は、意外と二次被害が出るぞ？　火に熱せられて水蒸気化した温度は百度を超える。つまり、簡単に火傷《やけど》するほどの熱が、空気になって肺や皮膚を焼く。結果、死ぬ」

「げ」

私の説明を聞いたソードが硬直した。つまり、今まで火には水魔術を使っていたのね。

「氷はなぁ……。燃えにくい固形物をぶつけるというのなら砂でも岩でもいいと思うけどな、そもそも燃やしている芯《しん》に当てないと消えないぞ？　この世界の魔術の法則は違うのかもしれないが、すぐさま消火したいなら真空にするのが一番早い。何をしようにもとにかく燃やすための必要成分、空気を遮断することが火を消すのに重要な点だ」

説明し終わると、ソードがボーッと私を見た。

「……お前ってやっぱ、すげーな。あんなにうまい酒を造れるワケだ。料理人たちが言ってた『英知』ってのは、このことかよ」

唐突に言い出したので私は首を横に振った。

「この程度の知識は覚えればいいだけの話だ。ソードも今話して覚えたのなら私と同等だな」

「……そっか」

ソードは急に私に笑いかけると、私の頭をくちゃくちゃになでた。

途中、休憩も入れつつ、ボス部屋前のセーフエリアまで到着した。

結構かかったな……巨大な双頭のイグアナみたいな魔物も出てきたし、上の階と比べて段違いに強い。さすがに疲れた～！　って気分になった。

「野営は全部シャールの中でするか。もともとキャンピングカーだものな。さすがの私もこの殺伐とした光景の中で、飲食や就寝するのは落ち着かない」

そう提案すると、ソードが肩をすくめて言い放った。

「そりゃ良かった。ま、お前が外で寝るって頑張っても、俺はシャールの中で寝るつもりだったけどな」

ヒドイ！

私はふてくされながらもシャールに冷却魔術をかける。セーフエリアなら急に下の地面が割れてマグマが噴出するみたいなことはないと思うけれど、念のために熱感知のアラームもセットした。

リョークは、たまに交替で外を見回りしている。頼んでもないのに、けなげな子！

ソードはダンジョンの、しかも火山地帯だっていうのを忘れたかのようにソファでくつろぎ始めた。

私はマジックバッグの中身を整理する。ほしかったものがようやく手に入ったからだ。

この階層でゲットしたドロップアイテムを手に取って、私は満足してうなずいた。

「ここに来て、ようやく魔石が落ちた」

リョークやシャールの燃料として使うので早くドロップしてほしかったのに、一向に落ちないんだもん。サラマンダーと双頭のイグアナを倒したらドロップしてくれたので、ようやく、ようやく！　元が取れてきた。

私のつぶやきを耳にしたソードが相づちを打ってきた。

「まーな。でも、まだまだ持ってるから安心しろ。つーか、全然使ってねーよ」

……そう、私ってほとんど魔物にエンカウントしないので、これまでソードに魔石を提供してもらっていたのだ。たくさん持っているから大丈夫だとソードは言うのだけれど……。

「ソードは必要だから魔石を持っているんじゃないのか？」

私の疑問にソードがキョトンとこちらを見る。

「ん？　必要っつーか、『魔導具に使ったり剣や防具を作ったりするのに必要だ』って言われてるから、売らずに取っておいてただけだな。クズみたいに小さくて使い勝手のない魔石でも、王都にはそこそこ魔導具を扱う店があって使い道があるから売れる。……そう思って王都まで持ってくるんだけど、いっつも売るの忘れるんだよな」

ソードが呑気《のんき》に答えた。

ふーん……と思っていたら、続けて爆弾発言が出た。

「それで思い出した。昔買った魔導具はもう要らねーな。お前に頼めばものすげー魔導具を作ってもらえるし、このダンジョンを出たら売っ払おう」

なにぃ⁉　魔導具を持っているだと⁉

私はキッ！　とソードをにらんで、手をずい、と差し出す。

「ちょっと待て。その前に見せろ！　私はお前がそんなに持っていたとは知らなかったぞ！」

私が魔導具に興味があるのを知っているくせにー！

ソードはめんどくさそうに頭をかくと、マジックバッグから取り出し始めた。

「見せてもお前の参考にはならねーし、役立つものならお前に見せてるよ。……ホラ、これはランタンの魔導具だ。だが、起動している間は常に魔力を流さねーとなんねーし、いったん消えるとしばらく使えねぇ。……これは水が出る魔導具だが、出した水は数分で消えるから、飲用は無理」

次々出てくる。

「これは……何だっけかな？　あ、火を点ける魔導具か。これ、セットするのが大変な上に火魔術が使えるんなら意味ナシ。これは……時計にアラームがついたヤツか。これってお前も作ったよな。しかも、こんな棚みたいにデッカいのじゃねーリストバンドのヤツをな」

出された魔導具を見て、ソードの言った意味がわかった。ガラクタだな、コレ。

私は首をかしげた。

「遊び心で作ったのだろうか？」

「今のセリフ、作ったやつが聞いたら泣くぞ」

あら違ったらしい。

ソードは一通り出した後、別の袋に放り込んでいる。——それにしてもソードって荷物が多い。

旅人は身軽にする癖があると聞いたけれど都市伝説かな？　真逆もいいところだよね。

「お前、結構物持ちだな」

私がポロリと言ってしまったら、ソードがちょっと恥ずかしげに頭をかく。

「マジックバッグを持ってるとなー……。多少重くても、ま、いいか、って思って、しかも重さに慣れると忘れるんだよな。ちょうどいい、ダンジョンから出たらまとめて売っ払おう」

勢いづいたらしいソードが、荷物の整理をし始めた。

「ゴミなら、マグマに放り込めば燃えるだろう。体《てい》の良い焼却処分だ」

確実に不用品に思えるガラクタをポイポイと袋に詰めているソードに向かって、私はアドバイスする。

「お、お前、良いこと言った」

私を人さし指で指すと、分類が終わったソードは立ち上がり、外に出てマグマに向かった。

*

インドラに冷却魔術をかけてもらい、外に出た。

片付けだけだからマグマに当たっても死なねー魔術にしたってよ。何だよそりゃ？　聞いたことねーよ。

魔術や魔導具で全ての状態異常攻撃を無効に出来るんだったら、何でもアリじゃねーかよ‼　別にアイツ一人でもこのダンジョンを踏破出来たんじゃねーのか？　って、ふてくされつつマグマに向かった。

袋の中身をザラザラとマグマに捨てる。

……………なんでこんなの取っておいてたかなー…………。

初めて冒険者になったときに買った、仲間とそろいの安物の剣だの、ようやく落ち着けるって思ったパーティの、恋人になった女からもらった腕輪だの、全部捨てたと思っていたのにな。

マグマに呑み込まれ、消えていく。それをぼんやりと見ながら思った。

「……全然熱くねーな」

ギリギリに立っているのに、熱すら感じねぇ。

……ったく、インドラは心配性なんだよな。わざと危険な真似をするくせに、ギリギリで死なないようにしてくる。

俺のことを不死身とか言い出すくせに、マグマでどうにかなったらって心配して防護魔術をかけてくる。

魔力切れだって、寝てりゃそのうち戻るんだ。そんなモンなんだ。なのに心配して、わざわざ魔力回復薬を作ったりするんだぜ？

アイツ、自分はまめなお節介焼きだって自覚してんだろうかね。んでもって、俺よか実力があるのに俺と組んでるばっかりに、俺のオマケ扱いされて正当な評価をされてないってことに気付いてないのかね。

ま、アイツはそのことに気付いたとしても何とも思わな……いや、拷問するネタが出来たとか言って喜びそうだな。

アイツ、絶対ドSだよな。つーか、かなり病んでるよな、やっぱ。

思わずため息が出ちまう。

――本当は、優しいやつなのにな。生家が、見切りつけて壊れなきゃやってらんねー境遇だったんだろう。誰からも愛情を与えられず、ほしいものどころか必要なものすら手に入れにくい状況で孤独に生きてきた幼少期。

でもそれは、俺もか。

だから俺たちは、一緒にいる。

「ソードさーん。そろそろ戻りましょーよー。お母さんが心配しますよー」

ついてきた俺のリョークに言われて、踵《きびす》を返す。

「おう。悪いな、ちょっとボーッとしてたわ」

袋の中は空っぽだ。今までのガラクタは、全部捨てた。

これから、新たにここに詰めていく。

アイツがよく言う、ワクワク感から得られた戦利品と、アイツが作った玩具《おもちゃ》が詰まっていくんだろう。

俺はリョークをポンとたたいて言った。

「うっし。空にしたところで、五十階層で使った〝ガン〟とかいう玩具をさっそく詰めるか」

リョークが俺の横をヒョコヒョコと歩きながら話しかけてきた。

「僕とどっちがいっぱい当てられるか競争しましょうねー」

「お、そりゃ面白そうだな！」

……コイツってゴーレムだよな？　フツーに会話が出来てるんだけどよ？

でもま、いっか。神にしか出来ねぇような魔術を繰り出すアイツが作ったんだから、きっと、もう生き物になっちまってるんだろうな。

*

特に何事も起きず翌日を迎え、私たちはボス部屋に向かった。

今までのパターンだとボスはデカサラマンダーなのだが、このマグマの階層は本気でダンジョン挑戦者を殺しにきている。

敵が明らかに強くなっているので、そうなるとボスもワンランク上がきそうだ。

ソードでも、ソロなら初見は厳しく、一度地上に戻り再度準備して突入しないと無理だと言った。

私は、まぁ、いけなくはないだろうが楽しくはなかっただろうな。間違いなく魔石が足りなくなっただろうから、リョークを背負って全力で駆け抜けるだけになる。

うーわ、つまらない。ダンジョンに入る意味がない。

想像してしかめっ面をしていたら、ソードがいぶかしんで聞いてきた。

「どうした？」

「うーむ、ボスはデカサラマンダーとフレイムドラゴンのどちらだろうと考えていたのだ」

すると、ソードが私をじっと見た。

「――やっぱ、ドラゴンが出てくると思うか？」

私はうなずいて言った。

「もしも出てきたら、次の階が氷雪地帯でボスがアイスドラゴン、そして、その下が最終ダンジョンだろうな。デカサラマンダーなら、まだまだこのダンジョンは続きそうな気がする」

ソードが渋い顔をして頭をかいた。

「うーん、どっちが出てきてもありがたくねー結果だな」

私はソードを見上げて励ます。

「千階続こうがドラゴンが出てきてあと少しだろうが、楽しめるまで楽しもう。飽きたらシャールで最深部まで爆走すればいい。なんの問題もないはずだ」

ソードが私を横目で見ると、急に私の頭をくしゃくしゃにした。

「頼りにしてるぜ、相棒」

………うん？　なんか言われた。

「………お前は、一人でドラゴンをやっつけたんだろう？　私がいなくたって、ホントは出来るくせに………」

それなのに、そういうことを言うのか？

戸惑う私を見てソードがからかう。

「何モジモジしてんだよ。お前だってホントは一人でダンジョン踏破出来るだろうが」

私は再び顔をしかめる。

「それって、すごーくつまらないぞ。私一人だと確実に魔石が足りん。リョークを背負ってひたすら走るだけなんて、なんの罰ゲームだ？」

ソードが声を出して明るく笑った。

「うーわ、確かにつまんなそうだな。ワクワク感のカケラもねー踏破だ」

「……だから、私も、その。……何でもない」

言った途端にアイアンクローが来た！

「ぎゃー！　なんでだ⁉」

「言いかけてやめるな」

それでアイアンクローされるの⁉　理不尽じゃないか⁉

「お、お前が声かけてくれて良かった！　って思ってるぞ！」

言いきったらソードが手を放し、私をナデナデする。

「よーし、よく言えた」

こういうことをするから父親の年齢かと思うんじゃないか。おっさん臭いぞ若さが足りな……

「ぎゃー！」

ソードにまたアイアンクローされた‼

「お前、今また変なこと考えただろ？」

コイツ、絶対エスパーだ‼

ギャーギャーわめいていたらようやく手を放してもらえて、なんともしまらないままボス部屋へ入る。

鎮座しているボスを見たソードがつぶやいた。

「もうすぐ最深部、って方だったな」

明らかにサラマンダーじゃない。

デッカい立派な鱗《うろこ》が生えたどう猛そうな爬虫類《はちゅうるい》が鎮座していた。ソードのセリフから察するに、あれがフレイムドラゴンらしい。

あ、咆哮《ほうこう》しそう。遮音魔術！

間一髪、ビリビリとした振動が私たちに襲いかかった。

……うーわ、遮音してもすごいな、咆哮特大だ。

身構えていたソードが私を見て聞いてきた。

「今なんかしたか？」

「遮音した。だが、それでもすごいな。高級耳栓でも防げんぞ、これは」

「……なんだよそりゃ？　またそんな魔導具を作るのか？」

ソードが興味津々に尋ねてくる。

「ソードには必須《ひっす》だな。ドラゴンの咆哮対策ではなく、悪意ある人間の言葉を聞かないようにするためにな」

私はソードにフッと笑いかけると、ドラゴンへ向かって走り、小手試しの一閃《いっせん》をくらわす。

「……おぉ！」

カキーンと弾かれたぞ！　これは、本気でかからねば！

私は振り返り、ソードに向かって叫んだ。

「見たかソード！　コイツは強そうだぞ！」

「わー、それで喜ぶお前って、ホンット尊敬するわー」

って言いながらソードも走り寄ってきて一閃。――あ！　ソードは傷をつけたぞ！

ドラゴンが咆哮してもだえ、ソードが息を吐いた。

「……なんとかなりそうだな」

よーし、私も頑張っちゃうぞ！

気合いを入れ、ふんわりさんを集めて攻撃しようとしたら、ドラゴンがモーションをした。

あ、これは……。ソードが慌てたように私を見る。

「インドラ！　火を噴くぞ！　気をつけろ！」

ソードが警戒し怒鳴った瞬間。

ドカーン！　って音がして、ドラゴンの頭部がボロボロになった。ソードが唖然とし、私は満足げにうなずいた。

「うむ、これならイケそうだ」

「……は？　何やったの？」

「ドラゴンの火炎ブレスは燃える必須成分と共に炎を吐き出すから、真空魔術では防げないかもしれん。だから、吐き出す手前で引火爆発するように頭部に空気を集め、周りを真空にした」

　ソードはサッパリワカリマセン、って表情だったが、すぐに気を取り直した。

「ま、対応策があるならそれでいっか。つまり、火炎ブレスは気にしなくて良いっつーことだな」

　自己解決したみたい。ドラゴンに斬りかかっていった。

　火が吐けないドラゴンは頭にきたのか暴れまくり、踏《ふ》み潰《つぶ》そうとか尻尾《しっぽ》でたたきつけようとかしてきたけれど、動きが遅いので当たらない。

　ここで、かの名セリフ『当たらなければなんちゃら』を言うべきか？　いや、そもそも当たっても死ななそうだから、言う必要はないか。

　ソードは攻撃をかわし、隙を見ながら地味に切り刻み、私はフレイムドラゴンの意識がソードに向いた隙に、大技を決めた。

「……食らえ！　斬竜剣‼」

　尻尾を切ってやった。素材を剥《は》ぎ取ってやるぞ！

「フハハハハ！　斬竜剣の切れ味に刮目《かつもく》せよ！」

　私は木刀を愛でながら高笑いした。

「いや、お前のソレ、ただの木剣だろうが」

　こんなときにもツッコむソード。そして粒子になる尻尾！

尻尾は剥ぎ取り不可だったか！　まぁ、そうだとは思っていたけれど。

尻尾を切られたことで怒り心頭のままにさらに暴れるフレイムドラゴン。まるでだだっ子状態だ。

だが、無駄な動きで隙が多い。そこを狙い、一瞬ドラゴンの首が下がったところでソードが踏み込み、跳び上がると首のやや下……もしや逆鱗《げきりん》といわれる部分か？　……に、剣を突き立てた。

ドラゴンが硬直する。

ソードが剣を引き抜き跳びすさると、ドラゴンは崩れ落ち、しばらくすると粒子になって消えた。

なるほど、ドラゴンはそうやって倒すのねー。

私はソードに向かって拍手した。ぱちぱち。

「うむ！　決まったな！　……さーて、部位破壊報酬は出るかな？」

「尻尾を切ったら高得点なんてルールがあったのかよ。俺は初耳だぞ？　言っとけよ！」

冗談なのにソードにグリグリされた。

すると、宝箱がボンッと現れる。めちゃくちゃデカい箱だ。

ソードが宝箱を開け、二人でのぞき込んだ。

中身を見たソードが感心して顎《あご》をなでる。

「さすがドラゴン討伐の報酬だけあるな。すげー入ってる。宝飾類も、見たことねーくらい豪華だぜ」

その言葉を耳にしつつ、私の頭の中はクエスチョンマークでいっぱいだった。

だって、宝石が……カット加工されている宝石が出たんですけど？

「…………。ちょっとー、原石の宝石が入ってるならまだ理解出来るけどぉ、もう加工済みの宝石が入ってるってドーユーコトー？　これ、誰が加工したってユーワケェー？」

指摘した私にソードがツッコミを入れた。

「お前って、怒ると、柄の悪いしゃべり方になるな」

柄が悪くもなるよ！　ダンジョンの宝箱ってどうなっているんだ⁉

憤る私をソードがなだめる。

「まーま、いーじゃねーかよ。ずいぶんと奮発してくれたんだ。かなりの高額商品だぜこりゃ」

ふーん。でも、ソードはお金に困っていないからそんなにうれしくないんじゃないかな？　って思う私の心を読んだソードが、さらに説明してくれた。

「金にもなるけど、つまりはそれだけ稀少《きしょう》ってことだ。ドラゴン素材なんか幻の伝説商品だぜ。金を積んでも手に入らないお宝がザクザク入ってる。お前なら売らずにいろいろ作るだろ」

「そっか！」

合点がいったよソード！　確かに新たな魔導具や、リョークやシャールの素材に出来るかもだ！

「現金なやつだな」

とたんに小躍りした私を見たソードがそう言って、笑った。

階段を下りて、次の八十階層は……うん、わかってた。氷雪地帯だよねー。

すぐさま全員に保温魔術をかけると、ソードがホッとして礼を言った。

「助かる。……つーか、雪つぶてまで防げるのかよ、まったく……」

あれ、お礼を言われたのかと思ったら、ブツブツ文句を言われたな。そんな悪い子にはお助けグッズを渡さないぞう！

……とは思ったけれど、さすがに渡さないとこの階層はつらいだろう。

「ソード、新たな玩具《おもちゃ》だ」

「はい、いただきます」

ソードが両手を差し出した。

「私やリョークは『何でも見えちゃうアイ魔術』で可視光線以外も見えるように出来るが、見えないお前はさすがにこのエリアでは不利だろう。長年の経験があるにしろ、可視光線以外も見えた方が良い場合もあるかもしれないと思って、作った」

ソードの両手にポンポンと二つのアイテムを乗せる。

「アイグラスだ。可視光線以外の情報も合わせて見えるようになる。慣れないとちょっとクラクラする、かもしれない。可視光線が強烈な場合は勝手にライトカットもする。オンオフ可能になっているので、右を軽くたたけば点けたり消したり出来るぞ。——こちらはそのゴーグルバージョンだ。視界がもっと広くなるし、水中ならこちらの方が見やすいだろう」

ソードはさっそく眼鏡《めがね》をかけた。眼鏡男子になった。

「へー！　お前の視界は、こんな感じなのか。……つーか、すげーいろいろ見えるぞなんだコレ⁉　俺、ハンデもいいとこじゃねーか！」

「だから、ガンシューティングでお前がトップだったのが解せぬのだ」

私は頬を膨らませてこぼした。

今でも不可解。リョーク、ポイント計算を間違えたんじゃないのかにゃ？

ソードは眼鏡をいろいろいじった後、「コレで慣れると、いざとなったときヤバい」と言って外してしまった。

「むしろいざというときに慣れてほしいので渡したのだが……」

この吹雪《ふぶき》じゃ、絶対に視界が悪いぞ。風の音もうるさいし、視覚聴覚が使えなくなるとけっこう危険じゃなかろうか？

この階ですでにそうなのだから、下の階になればなるほどもっとひどくなると思うけど……。それともソードって、俗に言う『第六感』で敵を見つけられるのかな？　いやいやまさかそんなマンガのヒーローではあるまいし、ないない。

って考えていたら、ソードが気楽に言った。

「ヤバくなったらつける。リストバンドもあるし、なんとかなるだろ」

マジか。……まぁいいや、好きにすればいいよ。

さて、それでは進むとするか。

見渡す限り雪の平原が広がる中、皆でザクザクと雪をかき分け歩いていると、すぐに魔物が現れた。

氷雪地帯の魔物といえば……。

イエティ！　雪男！　スノーマン！

たぶんそれ系じゃないかな？　の、毛むくじゃらの大猿がウジャウジャいる。

さらに、狼のような魔物がいるのを見つけて、私は眉《まゆ》をひそめた。

「……なぜ、猿と犬が一緒にいるのだ？」

「え？　一緒にいないものなの？」

だって、犬猿の仲って言うじゃんか！　この世界の常識はおかしいぞ！

「気に入らないので退治してやる！」

と、私は八つ当たり気味に魔物に突進した。

ソードは肩をすくめると遅れて突進し、炎のエフェクトが出ている剣を取り出して斬りかかった。

そして、視界不良の吹雪で音もよく聞こえない中、悪環境をものともせず敵の攻撃をかわして斬り倒す。何でわかるの？　もしかして索敵魔術とかあるのかな？

ソードだけでも問題なさそうだけれど、私とリョークも参戦しつつ、敵をやっつけながら進み、セーフエリアらしい洞窟《どうくつ》までたどり着いた。

休憩しようと提案したソードにうなずき、私は雪を払うソードをまっすぐ見て言った。

「ソード、お前を尊敬する」

するとものすごくうさんくさそうに見られたぞ？

「……なんの冗談だよ？」

称賛したのになんで冗談になるんだよ⁉　私は憤った。

「そうじゃない！　……なんで敵が分かる⁉　私とリョークの視界はさっき渡した眼鏡のように見えているし、吹雪の音を消して他の物音を拾っているからこそ敵の位置が分かるのに、お前は視覚聴覚が奪われた状態で戦っているじゃないか！」

「ふーん……」

ソードはようやく褒められたのがわかったのか、急に機嫌が良くなった。

「なんつーか、感覚だな」

「出た！　第六感！」

私が叫ぶと、ソードがキョトンとした。

「なんだそりゃ？」

「人間には通常五つの感覚装置がある。視覚・聴覚・触覚・味覚・嗅覚《きゅうかく》だ。だが、お前はこれらを使わず敵を殲滅《せんめつ》しているだろう？　それを『六番目の感覚』という。いわゆる超人だな」

ソードが感心しつつもクールに相づちをうった。

「へぇ。そりゃスゲェ」

お前のことだよ！

ジロン、と私がにらんだらソードが笑った。

「まーな、それなりに戦闘経験は豊富だ。いつだって危険な目に遭ってきた。こんな吹雪の中で、それこそオオカミの群れと戦闘になったこともあるぜ？　今回は、寒くないだけマシだな」

わー、ハードモードだー。

ソードは、合点がいったという顔で私を見た。

「そっか。お前はいろいろ出来る分、逆に縛られるのか」

「普通は出来ない方が縛られるだろうが。私よりもお前の方がおかしいぞ？」

私は、ソードや周りからは超人に思われているようだが、これでも知識に基づいて魔素を操作しているだけで、いたって普通のことをしているのだ。

そもそもソードの言っている戦闘経験と、普通の戦闘経験は違うと思うけどな。

普通は、敵の攻撃パターンや倒し方のセオリーが経験値を踏まえてわかってくるとかだよね？

ソードは、戦っているうちに超感覚が身についた、って言っているよね？　ソレ、なんてマンガデスカ？

私が口をとがらせると、ソードが笑った。

「そっか。お前から見たら、俺はスゲェやつなのか」

「誰から見たってすごいと思うぞ。それとも、この世界の人間には普通のことなのか？」

さすがファンタジー世界。超感覚が当たり前だとは……私もそのうち身につくのだろうか。

あ、でも、痛々しくなりそう。「右目が疼《うず》く」とか言い出しそう。さすが第六感保持者。

……と思った途端、ソードからジロッとにらまれた。

「……なんか失礼なこと考えてねーか？」

ブルブルブルブル。ソードの問いに激しく首を横に振った。

そんな私を見て、力が抜けたようにフッと笑うソード。

「誰もが出来るようになるかどうかはわかんねーな。俺はずっとソロだったから。……それにしても、お前にも出来ないことがあるんだな」

「当たり前だ」

というか、出来ないことの方が多いと思うけれど……。

不思議そうに見たら、ソードが優しく微笑《ほほえ》む。そして私の頭をなでて言った。

「お前にいろいろ便利なものを作ってもらってると、お前が万能の神に思えてくるんだよ。ベンのセリフじゃねーが、天から氷を降らせたり、雷を落としたり、それは神の御業《みわざ》だってこの世界の人間なら思うさ。――お前はその原理を小難しくしたがるけど、それは言わなくてもいいんだ！」

説明してやろうと私が口を開けたらソードに制された。

ぱくぱくと口を開閉していると、ソードが続ける。

「わかってる。お前は万能の神じゃねぇ。理屈があるってお前が言うならそうなんだ。だけど、俺たちには理屈がわからねーし、わかっても出来ねぇ。だから、お前こそが【オールラウンダー】の名にふさわしい。……って思ってたんだけどよ。お前にも出来ねーことがあって、俺にはそれが出来る。俺だけが出来る。……ってのがわかって、ちょっとうれしかった」

言い終えてはにかむソードを、私は見上げた。

「歌を教えたら、音程を外さず知らない言葉でも歌える。ブロンコもシャールも、すぐ乗りこなした。ガンの使い方を教えたら、私よりも高得点だ。……あ、思い出したらムカついた」

ムカ～！　……と腹を立てたらソードがすぐさまガシガシと私の頭をなでた。

深呼吸し、気を落ち着けて私は続ける。

「そんなソードでも、『自分には出来ないことがある』って落ち込むことがあったのか」

ソードが肩をすくめた。

「まぁな。今までの俺はちょっと思い上がっていたからな。俺よりも……いや、俺と同等なやつはいない、って思ってた。俺と同じ景色を見られるやつなんて、俺と同じ感覚を味わえるやつなんていない。だから、ずっと一人だと思ってた」

そりゃあね。ソードと同じ感覚の人はいなそう。

第六感のある人なんて聞いたことないもん。ソードだけじゃね？

――と考えてから気がついた。あ、そうか。私が非可視光線やらの波動魔術を駆使して、擬似的に『同じ感覚を持つ者』になっているのか。

でも、結果が同じだからといって、同じ感覚ではないけどね！

ソードが話を続ける。

「で、お前が俺の横に並び立った。いくらお前が規格外の幼女《ガキ》だとしても、俺としては、俺の横、もしくはちょっと後ろくらいだと思ってた。だけど、お前を知るにつれ、お前がいろいろ吸収するにつれ、俺をあっと言う間に追い抜かしていった。成長度が断然俺より速い。このままいったら俺は置いてかれるな、そう思って焦ってた」

………はい？

私は首をかしげてソードを見つめた。

「そもそも私とお前は魔術も剣術も違いがあるし、肉体が超人という以外に共通点はないから比較するのはおかしいだろう。それに、私にこれ以上の成長はあまりないぞ」

「は？」

ソードがポカンとする。私は淡々とソードに説明した。

「私は女だからな。女の成長期は男よりも早い。早ければもう数年で頭打ちだ。せいぜい十五歳までだぞ？」

「………」

ソードが曖昧《あいまい》な顔になってきた。わかっていないらしいので、ビシ！　と指を顔面に突きつけた。

「いいか！　女の成長は早いうちにやってくるのだ！　だからこれ以上は成長しない！」

最後に声を大にして言った。

「――胸以外は！」

更に大声で！

「胸以外は‼」

大事なことなので二度言った。

ソードは口を半開きにしたまま私を見つめていたが、唐突にボソリと言った。

「……胸こそ成長が望めなくねーか？」

なにおう⁉

私は憤り、さらに指を突き出した。

「そんなことはないっ！　胸は、胸はなぁ、生涯成長するものなのだ！　別世界ではそうだった！」

半泣きになったらソードに抱っこされてヨシヨシされた。

「そーだそーだ。お前は女だったな。胸は……そうだな、お前はまだ子どもだからな。そのうち大きくなる……といいな」

なんだそのつっかえつっかえの言葉は！　ふくれながらも私はさらに説明した。

「……男は女と違って、十五歳過ぎてからが本番だろう。二十歳くらいまでが成長期で、以降緩やかに落ちていくだろうが、女はもっと早くに落ちる。もしも、性別や年齢に関係なく鍛えれば鍛えるだけ成長する、というのであれば、それは私だけでなくお前にも当てはまる。つまり、溝は埋まらないはずなのだ」

「なるほど。そりゃそうだな」

ソードは感心したと思ったら、私の脇に手を入れて持ち上げた。

……私は猫か？

「お前って、賢いな」

私は顔をしかめてソードに苦言を呈した。

「……なんだこの、ペット《飼育生物》に話し掛けるような扱いと言い草は」

「飼育生物？　テイム《使役》された魔物のことをそういうのか？」

違うけど、この世界には小動物を愛玩《あいがん》生物として飼う習慣がないからわからないのかな。

「確かに私は子どもだが、いくらなんでもこの扱いはないだろう」

ソードが笑い出した。

「そうかよ。……どうもなー、出会ったときのちびっ子のイメージが抜けないな」

それっておっさん感覚……って、声に出していないのにベチャッとたたき落とされた。


休憩を終え、私たちは攻略を再開した。いやーさすが最深部手前だけあり、かなりの凶悪さだ。

猿も狼も連携して群れで攻撃してきたし！　お前等仲が悪いんじゃないのか⁉

しかも、巨大雪男や巨大狼まで出て来て群れを先導してきたので、めちゃくちゃ面倒くさかったよ！

それでもどうにか倒し、ボス部屋前のセーフエリアである洞の陰まで到達した。ソードもこのまま突入とは言わず、私が休もうと提案したら即うなずいた。

寒さは感じないはずなのだけれど、なんとなく身体《からだ》の芯《しん》が冷えているのだ。

シャールの中に引っ込み、お風呂《ふろ》にゆーっくりと浸かってからさらにシチューを食べると、ようやく身体が温まったような気になった。

「ダンジョンの中にいるってことを忘れるんだよな」

って、くつろいだソードがブランデーを飲みながらつぶやいたので、私はニコリとソードに笑いかけた。

「お前がシャールをねだってくれて良かった。テントはテントで『いかにも野営！』という気分になって盛り上がるのだが、こんな吹雪《ふぶき》の中だとさすがに気が塞《ふさ》ぐ。快適な部屋の中から外の悲惨な風景を他人事のように眺めるぜいたくは、シャールがなければ味わえない」

ソードが私を白い目で見ながら返す。

「相変わらずドSの発言だな……。俺、そこまでは思ってないよ？」

ドSじゃないもん！

ソードはふくれっ面の私を無視して、ハァ、と一息つきながらソファに寝っ転がる。

「王都のお高い客室より、高級住宅より快適な乗り物って、なんなんだろな？」

私は肩をすくめて反論した。

「私は衣食住にはこだわる。こだわれるだけの財力はお前が持っていて、技は私が持っている。ならば当然の帰結だ。……食と住は満たした。あとは衣、なんだけどな……お前、虫が出した糸で作った布に心当たりないか？」

――この世界の布は、魔物の毛織物が主流なのだが……うーん、悪くはないけれどって程度の肌触りなのだ。平民は柔らかく丈夫な植物の繊維をより合わせて織った、柔らかい麻、あるいはゴワゴワした綿、って肌触りの布を主に使う。

私は天然繊維は嫌いじゃない。むしろ好きです、ロハスです。――なのだけれども、やはり肌触りナンバーワンはお蚕様、絹糸、虫の糸だ！　シルクは光沢や肌触りが最高級、さらには糸の成分で美肌にもなれる超優れものなのだ！

別世界では蚕以外の虫からの採取は無理だったようだが、この世界じゃどうだろうと思ってソードに尋ねたら、即答された。

「あるぜ。つーか、お前……そんなにも虫が好きなのか」

そんな憐《あわ》れんだ顔で私を見ないでくれ。虫が好きなわけではない。

「別世界じゃ虫の糸から織り出した布が最高級品だったんだ！　艶《つや》といい肌触りといい、動物の毛や植物ではかなわない代物なのだー！」

私の叫びを聞いて、どうやら納得したらしい。

「なるほどな。ま、ベンに頼めば手に入るだろ。……お前ってもしかして、服も作れるのか？」

ソードの問いに私はうなずいた。

「もちろんだ。そもそも刺しゅうは貴族のたしなみだし、縫い物は料理と並んで私の得意分野だな。立体パターンをとる知識もあるので人体から型紙も作れる。つまりこの世界の服屋にもなれるぞ。……というか、お前も私の作った下着を愛用しているじゃないか」

「えっ」

驚いたソードが、バシッと自分の腰をたたく。

――毛織物と植物の布を合わせてゴム部分をゴム編みにした腹巻き兼パンツは、屋敷の皆が愛用している。私がいくつか作ったら、メイドたちがそれを参考にしていろいろ作っているよ。

「……コレ、お前が作ったの？　この、画期的な、前に穴が空いてるヤツ。いちいち全部脱がなくてもいいヤツ。着脱にいちいち紐《ひも》を解かなくていいヤツ」

うむ、とうなずく。

「本当はな、伸縮する素材があればもっと楽なのだ。蛙《かえる》の舌のように伸縮する紐を使えば、引っ張れば伸び、そのままでも身体にフィットする。心当たりないか？」

ソードは考え込み、思い出したように指を鳴らした。

「あるぜ」

お！　これで、ゴム素材もゲットだ！　両生類魔物の皮もそれなりに弾力があるけれど、弾力がある、程度なんだよねー。ゴムほどの柔軟性はないので代わりにはならないのだ。

さーてどんな服を作ろうかなーと考えていたら、ソードがすがってきた。

「なんのまねだ？」

「俺の服、作って？」

……なんだろ？　酔っ払っているのか？

別に服くらい、いくらでも作るけどね。

翌日、ボス部屋へ突入した。

ボスは予想通りのアイスドラゴンだ。フレイムドラゴンよりもこちらの方が下層にいる理由は、冷気ブレスに対する効果的な迎撃方法がないからだろう。

そもそも、零度よりも低い温度の巨大生物という存在自体が変なんだよな……たぶん環境に適応したのだろう、きっとそうだ。

ボス部屋の外気温は摂氏マイナス三十五度。しかも、ホワイトアウト。油断して立ち尽くすと凍りつく。

アイスドラゴンは、私が木刀で斬ってもすぐさま吹雪が傷を修復し、ソードも炎の剣で斬っているのだけれど、斬ったそばから溶けた部分が固まるのだ。

ソードも難儀していて、いったん退いて私の横に立った。

「……参ったな。対処法はあるか？」

攻撃と敵の引きつけをリョークに任せてソードと相談する。

ちなみに、リョークのガトリングやランチャーは爆発弾なので効果がある。

私は答えを渋りながらも相づちをうった。

「うーむ。邪道なんだけどなぁ……」

「消耗戦よかいいだろ」

確かにそうだね。私は吹っ切って教えた。

「アンデッド階層で使ったレーザーガン、アレの制限を解除し撃ちまくればいい」

うまくいけば貫通して内臓に傷を付けられるから、表皮を斬りつけてすぐさま再生される不毛さはなくなるだろう。

「よし、その手でいこう」

ソードが即答。超乗り気だ。玩具《おもちゃ》大好きよねー。レーザーなんて光魔術の応用じゃんか。

私は肩をすくめた。

「理屈で言うなら、お前の光魔術でも効くと思うのだが。あとは……あ、もっといいものがあった！　お前はこっちの方が向いてるかもだ」

マジックバッグから取り出したるは、かの宇宙戦争で使われていた剣。あるいは宇宙戦闘モノの定番の武器。

「レーザーの剣だ！　これは斬るというよりも、焼いて気化させるものだから効果があるはずだ。これでガンガン傷を負わせればいい」

「ください」

ソードがすぐさま両手を出してきた。

「鍔《つば》にスイッチがある。気をつけろよ？　シャレにならんほどなんでも焼き切るからな」

ソードがスイッチを入れると、ブォン！　と音がして、レーザーが伸びる。

――これは、始点と終点を定めるのに結構な知恵と技を使った逸品だ。別世界の知識では決して実現出来ない、重力制御の枠を極めているのだ！

ちなみに、拡張魔術も理論では確立出来ていないが、魔素の制御のみは理解出来たので再現は出来ている。以上、余談でした。

「鍔を回すと長さの調整が出来る。好きな長さにして、斬り刻め」

ソードに伝えると、ソードがチャラい敬礼を返してきた。

「了解！」

その後、うれしそうに長さの調整をしているソードが洩《も》らした。

「……ホンット、お前って、男心をくすぐる玩具を作るよなー……」

それはね？　ソードが、ＳＦガジェット好きだからだよ。興味ない男は興味ないからね？

と考えつつ、私はアイスドラゴンにリトライする。

私はこの木刀でなんでも切れるので、あとは気合いの問題だ。

木で岩が切れるなら、氷なんてスイスイ切れると思いません？　ただ、気合いを入れて粉砕していかないと相手の修復力に負けてしまうのだよね。

……とか考えながら攻撃しようとしたら、アイスドラゴンのブレスが直撃して雪だるまになった。

ソードの慌てる声が聞こえる。

「インドラ!?　今助け……」

私はノシノシノシ、と三歩ほど歩いたのち、ブルブルッと身体を揺すって氷雪を払い落とした。

そしてソードに向けて、両腕を上げてガッツポーズを決める。

血相を変えてこちらにやってこようとしたソードが立ち止まり放心して私を見つめる。

「うーわ、お前ってやっぱ人じゃねぇ」

第六感で敵を倒す人間に言われたくない。現在、保温魔術を兼ねた魔素障壁を展開中なので、よ

っぽどのことがない限りダメージを受けないだけだ！

　ソードは軽く首を横に振り、気を取り直すとアイスドラゴンに向かっていく。私も気合いを入れよう。

　ソードは第六感でアイスドラゴンのブレスをかわし、リョークたちは連係してランチャーを撃って相殺している。私は直撃してもブルブルすれば問題ないから避けないのだが、あれ以降アイスドラゴンは私に向けてブレスを吐いてくれなくなった。なぜだ。

「――うぉおおお！」

　リョークたちのランチャーがブレスを相殺した隙にソードが後ろに回り込み、声を上げながら尻《しっ》尾《ぽ》を切り落とした。

　アイスドラゴンが吠《ほ》えてのけぞる。

　――お、逆鱗《げきりん》を発見！　私は雪面を蹴《け》って弾丸のごとく飛び上がり、逆鱗に木刀を突き立てた。

「うむ。決まったな」

　私はひとりごちてうなずくと、剣を引き抜きアイスドラゴンを蹴ってくるくる回転しながら地面に降り立った。十点十点十点！

　ソードがホッとした顔でこちらにやってくる。

「――尻尾を斬ったら宝箱の中身が増えるんだったよな？」

　って、ソードが勝手にルールを作っているよ。フレイムドラゴンの尻尾斬りで言ったことは冗談なので、本気にしないでください。

倒れたアイスドラゴンが粒子になって消えると、宝箱が現れた。

私たちは思わず声を上げた。

「おぉ！」「うわ！」

宝箱が二つ出たよ！　マジか！

私は宝箱に手を合わせた。

「ダンジョンコア様、ありがとうございます。いらんこと言ったソードの、勝手に作ったルールに乗ってくださり、感謝の言葉もございません。……ぎゃー！」

ソードのアイアンクローがさく裂した！

ソードがうなる。

「お前が尻尾斬ったらどーのとか言ったから、わざわざ手間かけて尻尾を斬ったんだぞコラ？」

それは冗談で、別世界のゲームの話だもん！　別に、尻尾を斬ったら宝箱が増えるなんて言ってないもん！

プンスカ怒っているソードが宝箱を開けたら、前回の私のブーイングを聞いてか宝石の原石が入っていた。さらにはアイスドラゴンの素材や白金貨に、デッカい魔石までも！

私は大喜びで魔石を手に取り掲げ、ダンジョンコア様にお礼を言った。

「わー！　本当に、ダンジョンコア様ありがとうございます！　すっごい大きい魔石だー！　リョークのサーバーをコレに入れ替えようかなー」

ソードが持っていた中で一番良い魔石をサーバーにしていたのだけれど、こちらの方が段違いにデカい。

「そうすれば？　……つーか、リョーク自体に魔石は入ってねーのか？」

　ソードがけげんな顔をして聞いてきたので、私は答える。

「入っているが、それはいわば一時保存装置なのだ。本来の頭脳は屋敷にある。私以外の者がそこに近付いたらなんであれ排除するようにとリョークに基礎プログラミングしてあるほど重要な魔石だ。その屋敷のサーバーには、全てのリョークが得た情報が蓄えられ、定期的にそれを全てのリョークに配布している。だから、本来は、個性が出ないはずなのだ」

　……だが、個性が出ている。それが不思議でしょうがない。いや、むしろ怖い。

「……私は、リョークの物理本体が壊れても、また新たに作り上げてそこにデータをロードすれば同じリョークが再生する、ように作ったつもりなのだ。なのに……」

　リョークには個性がある。

　それは、リョーク本体の、データロード用の魔石にあるとしか思えない。そこに、情報とは別の、『個体』としての感情が蓄えられていたとしたら？　――情報ではないからサーバーには送られない。だけど、その送られない部分に、最も重要なデータが入っているとしたら……。ソードは考え込むうちにうな垂れていく私の頭をポンとたたき、その後なでた。

「わかってるよ。お前が作ったゴーレムは、感情を持って『生きている』。それは、そもそもお前が望んだことだろう？　だから、良いことなんだ。リョークは俺が守る。俺とお前が守る。だから、壊れない。分かるよな？」

………。

「そっか」

守ればいいんだ。

壊されなければ、魂が宿ったリョークも死なない。私が生きている限りずっとメンテナンスをし続けるし、私が死んだ時、もしもソードが生きていたならソードを『お父さん』と認識するようにしてあるし、ソードもいなかったら、自律プログラムが作動するようにしてある。

もしも『個性』という魂が宿っていたならば、各々の魂にひも付く自律に従って動き出すだろう。

宝箱の中身をマジックバッグに詰め、私たちは作戦会議を始める。

「うーむ。ダンジョンコア様が頑張ってさらに凶悪なマップとドラゴンを用意してくれるのならば、この先十階か二十階くらいは存在するだろうが、今回の氷雪地帯より凶悪なマップは想像しづらい」

私の考察にソードもうなずいた。

「同感。ま、何が来てもいいさ。俺とお前ならクリア出来るだろ」

ソードにニコッと笑いかけられたのでプイッとそらすと、頭をつかまれて無理やり向かされた。

「返事は？」

いたいいたい！　指が食い込んでるよソード！

「あ、当たり前だ！　私とお前に超えられない壁なんてない！」

ソードは言質を取って満足したのか手を放し、今度はナデナデされた。

「よしよし。じゃ、行くか」

「……うむ」

私はしぶしぶうなずいた。……この間から言いかけてやめたり、返事をしないと教育的指導が入るようになってしまった。なんだろそのお父さん的な……って考えたら、お父さんエスパーがアイアンクローをしてきたぞ！

六章

――ここは、どこだ？

俺は――俺たちは確か、ダンジョンを制覇していたはずだ。

最深部が近くて――アイスドラゴンを倒して、それから――そうだ。インドラが『想像しづらい』とか言って、でも俺たちならどうにか出来るだろって言って、次のエリアへ突入したんだ。

そして……真っ暗で、音も聞こえない、何の感触もない、そんな世界に放り出された。

――俺、死んだのかな。最深部は即死エリアだったのか……って待てよ、インドラは大丈夫か？

俺は、死んでもいい。そう思って生きてきたし、実際未練もない。

……だが、問題はインドラだ。アイツは即死エリアに入ったとしても、どうしても死ぬとは思えねぇ。なぜならアイツは、いろんなモンを独自理論の魔術を使って無効化出来るからだ。俺にはその理屈がわかんねーから無効化出来るモンと出来ないモンの区別はハッキリとつかねーが、なんとなく即死エリアはアイツには効かない気がする。

だが、俺には有効だ。俺はアイツと違って独自理論なんて持ってねぇし、説明されても理解出来ねぇ普通の人間だからな。

となると……死んだ俺を見てアイツはどう思う？　――ヤバくね？

うーわ、どうにかして生き返らねーかな？　ダンジョンコア様だって、世界の滅亡を望んじゃいねーだろ。ヤバいって、俺が生き返らねーと、アイツが世界を——

って慌てふためいてたら急に、優しい光が灯った。

その光はインドラの形をしていた。

次にリョークが光って浮かび上がり、最後に俺が光って浮かび上がった。

「ソード、大丈夫か？　さすが、第六感があると違うな。アイグラスなしでそんなに冷静でいられるとは」

ホッとしたようなインドラの声が頭に響いた。俺は眉根《まゆね》を寄せて返す。

「んなこたねーよ。ちょっとだけパニクってたし。俺、普通の人間だからね？」

……時々、俺のこと買いかぶり過ぎじゃね？　ってことをインドラが言うときがあって、俺は『普通の人間』を連呼するようにしてる。

——確かにさぁ！　インドラに劣ってるって思われるの嫌だけどさぁ！　普通の人間アピしねーと、コイツってとんでもねー超人みたいな真似させるワケじゃん⁉

『自分の足跡確実に踏め』とか、一応出来るけどさぁ！　でも、それってめちゃくちゃ集中しないといけないんだからね？

マグマに当たったり猛毒の沼に足突っ込んだりしたら普通に死ぬし、アイスドラゴンのブレス受けて、ぶるぶる身体《からだ》揺さぶるだけで氷落とせてノーダメージとか、ないからね⁉

内心で憤ったあと息を吐き、周囲を見渡してインドラに聞いた。

「……ここがどんなところだか、お前は分かるか？」

インドラがうなずいた。

「無重力、無音、無光の階層だな。最深部だろう。そうか、こうきたか……非常に興味深いな」

インドラの声音にワクワク感がこもってやがるぜ。こんな時でも通常運転かよ頼もしいやつだなオイ‼

……ん？　今、インドラが引っかかることを言ったな。

「お前、『無音』って今言ったな？　じゃあ俺たちはどうやって会話してるんだ？」

「無音の音声に乗せて思念を飛ばし合っている。魔物と会話する魔術の応用だな。なので、私とリヨークは出来ていたのだがお前は今まで飛ばされてくる思念の悪意のみを受け取っていたみたいだった。だが、この『無の空間』で危機を感じ取り出来るようになったようだぞ」

「……なるほどな。お前は、明るくなくても見えるから、落ち着いていられるのかよ」

「それもある。だが、氷雪地帯以上の凶悪さはこれしかないだろう」

まーな。確かにこれ以上やばそうなエリアはねぇよな。俺、死んだと思ったし。

「さて、どうするよ？」

俺が聞いたら、光るインドラは指を下に向けた。

「地面まで降りればラスボスが控えているだろう。ここは見渡す限り、壁も床もない。敵もいない。ただただ下に降りればいいだけだ。だから今は、〝宇宙遊泳〟を楽しむべきだな！」

ウキウキするインドラに、俺は感心した。スゲーよな、こんな状況でも楽しめるなんてよ。

――なら、俺も楽しむから教えてくれよ。

「意味不明な言葉使ってんじゃねぇ。わかるように説明しろ」

俺のぶっきらぼうなセリフにインドラがうなずく。

「私の知識では、この世界にあるものすべては、ものが地面に落ちる力で私やお前やいろいろなものを地面に降り立たせている。ではこの引きつける力が弱まるとどうなるか？　今の状態になる」

インドラが両手を広げた。光りながらフワフワと浮いている姿は、まるで神のようだ。

「ものが落ちていくエネルギーを無にし、さらに光や音というエネルギーも無にしている。だから何か光るものを灯しても光らないし、音を発しても聞こえない。――ただ、魔素だけは無に出来ない。なぜなら魔素は物質界から外れた概念のエネルギーだからだ。故に、魔素から作り出したエネルギーは無に出来ない」

インドラがうれしそうに小難しいことを語ってるけど、ゴメン、頭に入らない。

けど、そんな俺にもわかったことがひとつだけある。

「つまりは、だ。地面に足が着きゃ、ラスボスとご対面、ってワケか」

「あぁ。〝宇宙〟と違ってここには空気がある。ということは、空気の操作が出来る。ソード、お前なら風魔術を起こせば下に降りられるだろう」

ニコリと笑うインドラ。俺はインドラを見ながらそっと聞いた。

「……さっきからさ、なんでお前は光ってるんだ？」

この光は光魔法とは違う。弱々しいが、もっと神々しい――って考えてたら、インドラが目を輝かせて答えた。

「お？　気がついたか！　これは新技術だ！　この光は〝化学発光〟あるいは〝ケミルミネッセンス〟と言い、光量が少なく熱を発しないが、こんな暗闇などで自分の位置を知らせるのには非常に役立つのだ！　私が知ってるのは二つの発光方法だが、その一つを応用し……」

「うん、わかった。神秘的ってわけじゃないってのが、よーくわかった」

俺はガッカリしながらインドラをなだめた。

まったく……聞かなきゃ良かった、って思うくらいにワケわかんねー理論を、目をギラつかせ鼻息荒くベラベラしゃべりまくるインドラは引くほどコワイ。そんなことしなきゃ、神のようだってだけで終わったのによ……。

本ッ当に残念なやつだ‼

俺がため息をつくと、インドラは不満げに鼻を鳴らした。

「なんだ？　お前だってこの光に興味があるのだろう？　この光には確かに周りを照らすほどの光源はないが、代わりにこうやってまとわせても熱くないんだぞ？　すごくないか？」

「すごいすごい。――でも俺としちゃ、神の御業《みわざ》だって感心してたところにその台無しな説明を聞かされて、ちょっと悲しい気持ちになっているんだよ」

俺が残念さを込めて言うと、インドラが憤った。

「神の御業じゃない！　それはむしろお前たちがやってることだろう⁉　理論を無視した魔術や、お前のその意味不明の超感覚は、私から見たらそれこそ神の御業だぞ！」

俺は指を突きつけてきたインドラを見て感心した。

「へぇ。そんなもんなのか」

インドラの言う通り、なんで詠唱すれば魔術が使えるのかは俺にはわからないが、それが当たり前だから理由なんて考えたことはなかった。でもって、インドラには詠唱すれば魔術が使える理屈が理解出来ねぇのか。

インドラが眉根を寄せて話す。

「朝日が昇る方角にすら理由があるのに、お前が呪文を唱えれば魔術がさく裂する理由は私にはわからないんだ。それに私の唱える理論は、私が考え出したものじゃない。私は単に、先駆者たちが見つけ学者が研究した理論を振りかざしているだけで、私自身が大したことをしたわけじゃないんだ」

落ち込んだインドラを見てまずいことを言ったのが分かった。近くに寄って慰めようと思ったけど、足を動かしても一歩も進まずフワフワと浮いているのが現状だ。コレ、どうやって動くんだよ。

……風魔術繰り出せばいい、っつったっけな?

「……どわっ！」

風魔術を自身にかけたらインドラに激突した。だが、さすが超人インドラ。ビクともしねーよ。

俺はよしよしとインドラをなでて声をかけた。

「本当はお前だって、それを理解して使いこなせるのがスゲーことだってわかってんだろ？　俺なんて理屈もわからねーのに使ってんだからよ。誰が発見しようといいじゃねーかよ。その発見を理解してるやつが一人でもいるってなら発見したやつも本望だろ。だから、これからも、お前のその知識をガンガン使っていけ。誰が困るわけでもねーんだからよ」

「……そうだな。この世界では私しか知らないのだからな。発見した者に敬意を表するべきだ」

インドラはそう納得すると、俺を見上げてニカッと笑った。俺も、ニッと笑い返した。

*

最下層へ降りる前に、ソードにアイグラスをかけるように勧めた。シックスセンス持ちのソードなら光と音がなくてもわかるのだろうが、最下層でそんな悠長なことを言っていられないだろ。

では、と合図して皆で下降した。

——それから結構な時間がたったのだが、なかなか地面に到達しない。十階層分どころではないな、この深さは。奈落《ならく》の底《そこ》に落ちるような感覚だ。

これって、普通の冒険者にクリア出来るのかな？　私たちはいざとなればシャールの中に引きこもり、優雅にシャールを運転して下に向かえばいい話なんだけどさぁ。

……って考えながら下降していたら、「……何かいるな」って超感覚の超人が言ってきた。

その言葉を聞いたリョークが望遠アイで確認して報告してくれる。

「ボスみたいですー。人型ですー」

私も見たら……あ、目が合った。笑いかけられたぞ？　私は人型に手を振ってみた。

「おい、どーした」

ソードがいぶかしんだので、真顔で返した。

「笑いかけられたので、手を振ってみた。……そうだな、言い表すと、愛嬌《あいきょう》を振りまいた」

「うーわ。どーでもいい報告ありがとう」

ソードがなげやりに礼を言う。

お前が聞いてきたんだろうがぁ！

ボスが見えてもまだまだ遠く、そこからさらに時間をかけてようやく底に降り立ち、ラスボスと対面する。

残念だが、エンシェントドラゴンではなかったか。だが、人型だ！　つまり、会話が出来る！

私が口を開こうとしたら、

「知と勇ある者たちよ、よくぞここまで到達した」

って、先に話し掛けられた。

私はにこやかに返事した。

「こんにちは。勇はさほどでもありませんが、知は欲していますし、あるほうだとも自覚しています。貴方《あなた》は、いつからここにいらっしゃいますか？」

ソードが、「また始まった」とか思念を飛ばして来たけれど、聞こえなーい。

「さてな。ここは時間の感覚がない場所だ。そして、私にとっても時間とは気にするべきものではないものだ」

ふむふむ。この魔物には時間の感覚は必要ない、ということか。

「では、質問を変えます。ここにいらっしゃる前はどちらにいらっしゃいましたか？」

「ここによく似た、時間のない場所だ」

人型ボスからそう答えが返ってきた。と、いうことは……。

「つまり、精神界に近い場所なのですか、ここは」

私の問いに、人型ボスが感心した。

「ほう。……知ある者よ、貴殿はどうして其処《そこ》を知っている？」

「以前精神界から現れた方と、ほんの少しお話ししました」

「……なるほど。面白い」

人型ボス、面白がる。

私はニコリと笑いかけ、独り言のように尋ねた。

「私も面白い。――精神界とはこんな感じなのか。時間がない世界とは、知識として想像は出来ても理解は出来ない現象だ。過去と未来がない世界って、どのようなものなのだろう？」

「一瞬が永遠に続く世界だ。貴殿も来ればいい」

人型ボスに誘われたよ……。どうして精神界の人って自分の世界に招きたがるのだろう？　お茶会が大好きな貴婦人じゃあるまいし。

もちろん笑顔でお断りする。

「私は物質界が好きなので申し訳ないが、遠慮する。一瞬が永遠でない世界だからこそ、終わりがある世界だからこそ、そこに美しさがあると私は思っている」
言い終えると私は化学発光魔術で光を散らせる。言うなれば蛍か。暗闇で光る蛍は幻想的だよね。アレも、一瞬の命を燃やし輝く光だと思う。

私は人型ボスを見て驚いた。化学発光の光に照らされたその人型は、非常に美しかった。かなり背が高く、白磁の肌、黒絹の長い髪、紅玉の唇を持つ人形めいた美丈夫だ。以前出会ったデーモンも美しい造形をしていたが、このボスはさらに上を行くな。

だが、自分の姿も他人の姿も関係ない精神界の者には、造形の美しさなど無意味なのだろう。

私は嘆息する。

「……知らないということは、良いことなのか悪いことなのか。貴方の造形は『美しい』と表現されるものだが、精神界の者においてはどうでもいいことなんだろうな。知っていれば、そこに感情が発生するが、知らなければそれで終わる話……。なんとも味気ない」

人型ボスが笑った。

笑うと少し人間味が出るね。

「貴殿の魂も美しい。貪欲《どんよく》なるその輝きは、精神界には決してないものだ」

うーわ。ソレ、褒めていませんから！

人型ボスはぐるりと辺りを見渡す。

「そして、私は今、物質界にいることを思い知らされた。……なるほど、物質界は、それはそれで美しい。これを『幻想的』と表現するのかと、今知った」

フワフワと舞う蛍のような化学発光を見つめる人型ボス。なるほど、興味があるのならば説明しましょう。

「まぁ、見た目はそうだろうがな。物質界においては、それなりに理論があって、こうなるんだぞ？物質界は、物質におけるエネルギーが……」

「ちょーっと、話が盛り上がってるのはわかるけど、小難しい話はやめてよ。そもそも精神界の住人に、物質界の小難しい話聞かせて通じると思う？」

解説しようとしたら、説明嫌いのソードに遮られた。

……むぅ。確かに私が精神界の小難しい話を聞いてもわからないと思う。それは、そこに生きていないから。

すると、人型ボスが微笑《ほほえ》んだ。

「確かに理解しがたい。が、貴殿は美しい。物質界の短い生を燃焼して燃えるその様が美しいと、貴殿が私に教え、私は理解した。……ならば、貴殿のその燃焼を見届けたい」

「来るぞ」

第六感のある超人が警告してきたよ。魔素が膨らんだからかな？

でも待って、私はまだ聞きたいことがあるのよ。

「最後の質問だ。私たちが来る前にここを訪れた者はいたのか？」

人型ボスはうなずく。

「いた。……が、このエリアに入ってすぐ死んだ。物質界の者はこの場所に耐えられないようだ」

そうね、無の部屋って予備知識ないとパニクるよね。私は見えているし、それなりに知識があったからなぁ。あ、でもソードは知識がまったくなくても落ち着いていたか。

「では、いきます」

私は人型ボスに声をかけて木刀を構える。ソードは、最初からレーザー剣を出してきた。

ちなみに、ソードのレーザー剣は白の柄に蛍光緑のレーザーにしている。私のは、青緑の柄に蛍光オレンジのレーザー！　木刀でなんとかなっちゃうから使いどころがないけど！

この敵が斬れなかったら使ってみよう、そうしよう。

そう思ってソードと斬りかかった。

その者は微動だにせず攻撃を受け、そのまま切り裂かれる。

……が、手応えがない。

「チッ」と、ソードが舌打ちする。

そして私に忠告してきた。

「デーモンと同じだ。物理じゃ斬れねぇ」

ソードの言葉に私は首をかしげる。

「だとしても、私の場合は斬れたのだが、斬れないな」

この間のデーモンは斬れたのに、目の前のデーモンらしき人型ボスはなんで斬れないのさ？　その差ってなんだろ？

人型ボスは優雅に微笑む。

「初めてここに到達した者よ。その褒賞として私は攻撃しない。貴殿らの攻撃で私を倒してみろ」

ソードは人型ボスのセリフにカッチーンときたらしい。いきなり液状魔石入り酒を呷《あお》ったかと思うと、詠唱し始めた。

私は人型ボスに物申した。

「いや、私たちに無抵抗の者をなぶる趣味はない。ちゃんと戦ってくれ」

攻略のためならそれでいいけれど、せっかくだしちゃんと戦いたいじゃん？

「では、改めてまいります」

私は声をかけると、気合いを入れてふんわりさんを集めた。

私は何でも斬れると思っていたけど斬れなくて、前回のデーモンと今回の人型ボス《デーモン》の差はなんだろなと考えたときに、こっちの人型ボスのほうが魔素量が多い、くらいしかわからない。なら、負けないくらいに魔素をかき集めてまとわりつかせれば、斬れる、かもしれない。斬れなかったらまた考えよう。

私たちを見比べた人型ボスが、軽くうなずいて爆弾発言をした。

「……なるほど。ここに到達しただけある。貴殿らを私の敵と認めよう」

マジか！　今までは、敵ではないほど私たちが弱いので攻撃する必要もよける必要もない、って思われていたのか！

うーわ、私はナメられても別にいいのだがソードは……あ、怒ってるぞ。ソードにしては珍しく長く詠唱しているけれど、早口がさらに早口になった！

ソードが唱え終えたのと合わせて私も斬り込む。

「……大いなる祝福を！　偽りの存在を無に還らせよ！」

あ！　ソードの詠唱を初めて聞き取れた！　と思いつつ、人型ボスを袈裟《けさ》斬りにした。

続いて、大きく輝く魔法陣が人型ボスの上下に現れ、ドォン！　と音が聞こえそうな派手な演出で魔術が発動。上下から魔術を降らせている。聞き取った言葉から察するに聖魔術を使ったらしい。浄化っぽいキラキラしたエフェクトが化学発光と混ざり合って、たいそうきれいだった。

「……これでも効かねーのか」

二本目の魔石入り蒸留酒を呷ったソードが悔しそうに言った。人型ボスは依然として形を保ったままだ。

保ったまま、だったが……。

「いや、私の負けだ」

微笑んだ人型ボスが、裾《すそ》から粒子になっていく。

ソードは眉根《まゆね》を寄せ人型ボスをにらんだ。

「テメェは俺たちの攻撃が見えていた。なんで避けなかったんだよ。いっくら攻撃しねぇっつっても、防御まで捨てることはねーだろ、俺たちをナメすぎだ」

「うむ。私もソードに同意だ。あまり慢心してもらっては困る。私たちはラスボス戦を楽しみにここにやってきたのに、不完全燃焼ではないか」

私たちの苦言に、人型ボスは返した。

「『今の貴殿らの攻撃で私が負ける未来』が視えたからだ」

その回答に絶句した私とソードは、顔を見合わせた。……精神界の者の諦《あきら》めの早さって、未来が視えるからなの？

人型ボスは続ける。

「物質界には未来がある。精神界には未来がない。あるのは、永遠の一瞬。その永遠の一瞬の中に、私がここを訪れる者に負ける出来事は決定されていた。それが視えたのならば、抗うことなく受け入れる。――一度、精神界に戻ろう。楽しかったぞ、知と勇ある者たちよ」

消えかかる人型ボスを制す。

「待て。私の名はインドラだ。こいつはソード。物質界において名は重要だ。物質を物質たらしめる要素だ、覚えておけ。これは、リョークだ」

「わかった、インドラ、ソード、リョーク。…………また、会えるだろうか」

私たちはうなずいた。

「望むなら、また来よう」

私が答えると、最後の人型ボスの一かけらが思念を伝えた。

「では、またな」

粒子が完全に消え、魔法陣も消え、ついでに化学発光も消えて暗闇が戻った。

「……なんか、寂しそうなやつだったな」

しばらくしてボソリとソードが言った。

そりゃあこんなところにずっと一人でいれば寂しいんじゃ……と考えたあとで私は首をひねった。

「精神界の者に『寂しい』という感情があるのだろうか？」

好きこのんでこの状態を作ってたっぽいぞ？　でも、この蛍の飛び交うような光景をきれいだと言っていたから、感情がないわけでもないのかな？

まぁいいや。また来たときに聞こう。それよりも。

「宝箱、なんだろなー？」

って私がウキウキしたら、ソードが目を眇《すが》める。

「ホンット、お前って冷静だよな！　感傷に浸ることもなく、すぐ宝箱へ興味を移すとか！」

なんだよう。ソードは楽しみじゃないのか？　それに、さっきのやつは、いったん精神界に里帰りしただけじゃないか。別に感傷に浸ることなんて何もない……

ギィイ――――。

無音空間で音がしたよ！

驚いた私たちが音の鳴った方を見たら、ぼんやりとした光が差している。どうやら扉が開いて、その先の光が漏れているようだ。

……さらにラスボスがいるのか？　ソードと顔を見合わせる。

扉に向き直ったソードは急に警戒した表情になり、足音を忍ばせ扉へ向かった。

私たちは扉の奥をなんでも見えちゃうアイで確かめ、近くに誰もいないことを見てとると、ゆっくりと入った。

入った先は、ほとんどなにもない殺風景な部屋だった。たいまつがいくつか壁にささっていて、それが部屋を薄ぼんやりと照らしている。

さらに辺りを見回すと、最奥に人影があり、ゆっくりと近付いてきていた。

それを認めたソードは、すぐさまレーザー剣に手を伸ばして構えたよ。

ちょっとソード、気が早い！　ステイ！　会話が先！

「こんにちは」

私が朗らかに挨拶《あいさつ》すると、ソードがガックリと肩を落とす。

「ホンット、お前って冷静で頼もしい。どこでも通常運転！　マイペース！」

うるさい。

怒鳴るソードを無視して人影に目をこらした。

――その人型は、やはり美しい造形をしていた。

だけど人ではないと実感するのは、先ほどの者と同じように作り物めいているから。

精緻《せいち》な人形のような美しさだ。となると、デーモンかな？

ただ、目の前の人型は銀色の髪に銀色の瞳《ひとみ》をしていた。今まで出会ったデーモンは真っ黒ばっかりだったから、この人型はデーモンではないのかもしれない。

近付いてきた人型が、挨拶を返してきた。

「初めまして」

私は、静かに近寄ってきた人型に質問する。

「貴方《あなた》は誰ですか？」

「私は、貴方がたが【ダンジョンコア】と呼ぶものです」

ソードと私の目が点になった。

「ダンジョンコア様ですか！」

私は、剣を構えているソードの手を「無礼者！」と言わんばかりに思いっきりたたいた。

「でっ‼」

たたかれた部分をかばってうずくまるソードを無視し、私は騎士の礼……片膝《かたひざ》をつき片手を胸に当てた、騎士が貴族にする丁寧な挨拶を行った。

「それは失礼を、こちらのソードがいたしました。初めまして、私はインドラと申します。お目にかかれて光栄です」

「私に興味を抱いてくれて、うれしいです」

ダンジョンコア様、表情はまったくうれしそうではないけれど喜んでいるらしい。私は社交辞令が通用しないタイプです。

私はさらに話しかける。

「そうですか。いくつか質問をしたいのですが、よろしいですか？」

「答えられる質問は少ないでしょうが、どうぞ」

うん？　前巻参照のアンデッドダンジョンのボス、リッチさんに質問した時も秘匿が多かったね。

そういうものなのかな。

「ダンジョンコア様は、創世からいらっしゃるのですか？」

「いいえ」

「それは、全てのダンジョンコア様がそうですか？」

「秘匿とします」

「ダンジョンコア様は、最初からその姿ですか？」

「はい」

「ダンジョンコア様は、外界をご覧になったことがありますか？」

「はい」

おぉお？　この質問は、「はい」なのか！

私は柄にもなくドキドキしてしまう。

「……それはもしかして、人の姿のダンジョンコア様が、実は外界に降臨していらっしゃる、ということですか？」

「秘匿とします」

うーわ、そうなのか！　間違ってダンジョンコア様を殺してしまうかもしれんから、今後人殺しはちゃんと見極めてからにしよう。

「……私からも質問をして、よろしいですか？」

今度はダンジョンコア様が尋ねてきた。

私は思いきりうなずく。

「どうぞ、私に答えられることでしたら喜んで」

するとダンジョンコア様は、化学発光を指さした。

「……その光はどうやっています？　とても幻想的です。まるで夜空の中にいるかのようです」

ん？　ダンジョンコア様、ケミルミネッセンスに興味がおありか。

「これは、ある物質とある物質を混ぜた反応エネルギーで発光しています。魔素を変換して行っているものですが、このくらいの暗闇でないと光が見えません」

化学式をベラベラしゃべろうとしたところ、ソードのウンザリしたため息が聞こえてきて思いとどまった。

……うーん、言葉で説明しても、伝わらないかもしれないな。この世界の人って理論を知りたがらないみたいだし。

私はちょっと思案してからダンジョンコア様に提案した。

「やってみせたら、マネ出来ます？」

「試してみます」

うなずくダンジョンコア様。

と、いうわけで実演したら、ダンジョンコア様もさっそく試したらしい。ホワホワと、私が作った以外の光が舞いだした。

ダンジョンコア様の表情が初めて動いた！　うっとりと、舞う光に手をかざす。

「あぁ……きれい」

いや、そういう貴方のほうがきれいですよ。と、口説き文句みたいなことを言いそうになったほどに、表情のあるダンジョンコア様は美しかった。

私は思わず見とれかけ、首を軽く横に振る。

「――先ほどダンジョンコア様は、これを夜空に譬《たと》えていましたが、夜空の星はこのダンジョンよりも大きいのです。それほど大きく光っているので、ここまで光エネルギーが到達して、私たちの目に届いているのです。近くで見たら、直視出来ないほどの大きさとエネルギーです。ですからこの光を譬えるなら〝蛍〟でしょう。暑い夜の水辺で舞う〝蛍〟のイメージです」

私の説明にソードがさっそくツッコんできた。

「おい、そのホ何とかって何だよ？」

ダンジョンコア様も、無表情にキョトンとしている。

私は、キッパリ言い放った。

「光る虫だ」

「また虫かよ‼」

ソードが間髪を容れず叫んだ。

ダンジョンコア様は「なるほど」とうなずいていらっしゃいます。

そして私を見て言った。

「では、この魔術を教えていただいたお礼と先程のデーモンを倒した報酬、そして、私のダンジョンを初めて踏破した記念として、これらの宝を贈ります」

ドドドドドド！

と音がし、私たちの目の前に、見たこともないほどに大きな宝箱がわんさか湧いた。一つ一つがリョークを一回り小型にしたほどに大きい。

うっひゃー……うれしいけれど、コレ、全部持って帰れるかなぁ？　あ、ソードがマジックバッグを空にしていたか。最悪、リョークに積んで私とソードでリョークを背負って帰ろう。

「宝箱ごとどうぞ？」

と、ダンジョンコア様が親切にもおっしゃってくれた。それは助かった……。

「……途中でガラクタ捨てといて良かったわ。さすがにこれを運ぶのには骨が折れそうだからな」

ソードのつぶやきに私もうなずいた。

「縄でくくって二人で背負っていけばなんとかなるだろう」

ダンジョンコア様が私に近寄ると、そっと何かを手渡した。

「……それと、これを」

——うわ、手が冷たいぞ。そして私より色が白いぞ。

私は受け取ったものをまじまじと見た。複雑な魔法陣が平たい石のようなものに描かれている。

私は顔を上げてダンジョンコア様に聞いた。

「これは？」

ダンジョンコア様でなく、ソードが答えた。

「転移石だな」

ダンジョンコア様が、ソードに向かってうなずいた。

「そうです。貴方がたのみが使用出来る、このダンジョンのどこにでも行ける、転移石です」

ソードが声もなく驚いた。

ということは貴重なのだろうけれど……転移って私、ちょっと怖いんだよねー。

SFやファンタジーの定番だけどさぁ、ホラーの場合って結構怖いことが起きるんだよ？　エレベーターとかの方がいいなぁ。

私の渋い反応を見たダンジョンコア様が、理論を説明してくれた。

「空間をねじ曲げて点と点をつなぐ、と言えば、貴女《あなた》には理解出来ますか？」

「ほぅ！　ほぅほぅ！」

それなら怖くない……いややっぱり怖いけど、自分ではなく空間の方ならまだマシだな。

「え、うそ。ダンジョンコア様もインドラと同じ方向性の人？」

とかソードが失礼だかそうじゃないのかみたいなことをのたまったが、まず前提が違うぞ。ダンジョンコア様は人じゃない。

「また来てください」

と、ダンジョンコア様に言われた。つまりそのために転移石をくれたのか。

「あぁ。楽しかったぞ！　ダンジョン好きなソードも楽しめたようだ！　また来るぞ！」

私のテンション高く返した挨拶《あいさつ》に、ソードが眉根《まゆね》を寄せた。

「いや、別に俺、ダンジョン好きなワケじゃ……って、ま、いっか。じゃあな、また来るな」

最終的にソードも認めて肩をすくめ、ダンジョンコア様に軽く手を上げて挨拶した。

この部屋の奥の扉から地上へ戻れる、と説明を受け、私たちは宝箱を背負うとダンジョンコア様に手を振って、奥の扉を開け先に進む。

しばらくてくてく歩くと階段があり、それを上りきると大きくてゴージャスな扉があった。

そこを開けると……。

「おぉ、太陽がまぶしい」

私たちは久しぶりに地上に出た。

七章

「はぁ、疲れたぜ」

ソードがベッドにうつ伏せで倒れ込んだ。

――王都のダンジョン踏破は、ギルドに報告せずともすぐに知れ渡った。

急にゴージャスな転移門が現れ、扉が開いて私たちが出てきたのを、その場にいた皆に見られたからだ。

その転移門、よりにもよってダンジョン入り口近くの一番目立つところに現れたのよ？

居合わせた人が、ドデカい転移門の出現に口を開けて唖然とし、さらにノコノコ出てきた私たちを見て絶句。の後、大歓声が起こり、そこからお祭り騒ぎだ。

ギルドに報告をしたら、ギルドマスターから受付嬢までが詳しい話を聞きたがり、宴に呼ばれて質問攻めにあったりした。

冒険者や住民も詳しい話を聞きたがったので、広場にてシャールの上に乗り、皆に語って聞かせた。

「ダンジョンコア様は、最深部で誰かが現れるのを首を長くしてお待ちだったぞ！　冒険者よ、お前たちもダンジョンコア様に会いに行け！」

と言ったら盛り上がった。そして『ダンジョンコア様』という言葉が一世《いっせい》を風靡《ふうび》した。

盛り上がって調子の出てきた私が「美幼女アイドルとはこういうことだ！」と、歌って踊ったらとってもウケたのに、ソードにアイアンクローされた一幕もあったけど。

——そんなこんなの二週間で、章の冒頭のセリフに戻る。

ソードは変に取り繕っているから、倒れ込むほど疲れるのだ。どうせ取り繕おうが素を出そうが悪意を拾うのだから、楽な方を選択すればいいのに。

私はソードをのぞき込むと、指をワキワキと動かした。

「大丈夫か？　私がマッサージしてやろうか？」

「やめて。お前の怪力でマッサージされたら、俺、ミンチになっちゃう」

気を遣ってあげたのに、ソードが失礼なことを抜かす。

私は腕を組んでソードを見下ろした。

「これから買い物に行くが、お前はどうする？」

ソードはうつ伏せのまま答えた。

「……もうちょっとしたら出かける」

「今日くらいはゆっくりしたらどうだ？」

そう声をかけたらソードは首を振った。

「約束がある。でも、夕飯は作っておいて？」

「わかった」

――約束ってこの間の、道でばったり出会った女性とかな？　ハニートラップを警戒するソードがそこまで嫌がっていないところを見ると、普通の知り合いなのだろうな。

＊

ダンジョン踏破した騒ぎは、俺がドラゴンを撃退したときよかすごかった。

まぁ、あンときゃたくさん人が死んだからな、生き残れた脱力感の方が強かったし、俺が撃退したってことにも懐疑の目を向けられた。つーか、今でも向けられてるか。

今回そんな疑念が起こらなかったのは、インドラのインパクトだ。バカデカい宝箱を背負って転移門から現れたんだから、そりゃ疑いようもねーか。

俺はわざわざ背負わなくても、マジックバッグに入るだけ詰めて、あとはリョークに入れようって思ってたのに、そう言ったらインドラが憤ったんだよ。

「かわいいリョークに、こんな重いものを持たせられないだろう⁉」

意味不明。かわいがりすぎて、なんのためのゴーレムだか分かってねぇ。

アイツってホント……大物だよな。

――あァ、どーせ俺は小物ですよ！　小市民ですよ！

冒険者連中の『踏破の話が聞きたい』なんて、やっかみが八割、残りは疑ってんだよ。なのに真に受けて広場でシャールの上に乗って演説するんだぜ？　しかも、煽《あお》ってる。

『ダンジョンコア様が首を長くして待ってる』なんて言われたら、冒険者なら誰だってダンジョンに向かいたくなるじゃねーかよ。

おまけに、チョーシに乗ってきたインドラがヤジで「かわいいお嬢ちゃん」って言われたのに気を良くして、

「おぉ！　見る目があるな！　私ほどの美幼女がここに立っていれば歌姫のようだろう⁉　しかたない、お前らのために一曲歌ってやろう！」

とか叫んだ後、歌って踊り出した。バカ丸出しの姿に俺は額を手で打ったよ。

みんな唖然としてやがったが、そのうち面白がり、拍手喝采《かっさい》。さらに調子に乗ろうとしたので、インドラの頭をつかんでやめさせた。

本当にバカで大物だ。

……だけど、そのバカの大物に救われる。

アイツといると楽しい。

どんな状況になったって面白がっていいんだ。そんな簡単なことさえ出来なかった俺が、心おきなく楽しめる。アイツの人でなしなドSさが、それでいいんだって思わせてくれる。

――演説のあと、すさんだ冒険者が俺たちに絡んできやがった。

「……俺の仲間は、あのダンジョンで死んだ。なのにお前らはよくも楽しそうに語って『ダンジョンに行け』とか言えるよな？」

それにどう答えるのかと周りが面白そうに俺たちを見る中、インドラはキョトンとして言い放っ

た。

「ん？　そうか。それがどうかしたか？」

その回答に、周りも俺も絶句したよ。そいつも固まり、その後顔を真っ赤にして怒鳴った。

「……お前が煽ったせいで、ダンジョンに潜って死んだやつが出たら、どう責任を取るつもりなんだ⁉」

インドラは、またキョトンとして首をかしげる。

「そんなもの、取るわけがないだろう？　責任は、私の言ったことを真に受けて己の実力も考えず無計画に飛び込むバカな冒険者にあるのに、なんで私に責任があるように言っているのだ？」

きっぱり言われたソイツは、凍りついた。

インドラはさらに続ける。

「お前の仲間が死んだ原因はソイツ自身のせいで、仲間を助けられなかったお前の責任だろう。私になんの関係がある？　無関係だ。赤の他人だ。私の言葉をどう受け取り、どう行動するかは他人の勝手だし、私の言動も私の勝手だ。お前なんぞ知るか。繰り返すが、お前の仲間が死んだ責任は、実力も力量もはかれなかったソイツ自身の責任であり、助ける実力のないお前の責任だ」

……いや、正論だけどさ。ハッキリ言い過ぎだろ。

追い討ちをかけるように、なおも続けるインドラ。

「ついでにお前は、責任逃れで無関係の赤の他人に罪をなすり付けようとする、卑怯《ひきょう》で愚かな冒険者だな！」

インドラにそこまで言われた冒険者は真っ青になり、膝《ひざ》から崩れて泣き始めた。

周りの野次馬は冒険者に同情の目を、インドラに非難の目を向けるが、インドラはまるで気にせず泣いている冒険者を残念そうに見下ろしている。

「……これが、かわいい女の子なら多少は心揺れる……かもしれないが、むさ苦しいオッサンがみっともなく泣いても、みっともないだけだぞ？」

とどめにコレ。もう、ドS過ぎて何も言えない。

俺はインドラの肩をたたいた。

「うん、もうやめてあげような？　さすがに俺もかわいそうって、心が揺れた」

「そうか？　――お前は美女が泣いても心揺れないくせに、おっさんだと仲間意識が出て同情……いたいいたいいたい」

いらんことを言い出すインドラの頭を、げん骨で優しくなでてやった。

インドラって、万事がこんな感じなんだよな。

俺って確かにインドラと一緒にいないと悪意を拾いすぎてダメかも。高級耳栓とやらをもらって使おうかなぁ……。

って考えながら二人で帰る途中、

「……ソード！」

って、驚きを含んだ声をかけられた。

……俺を【迅雷白牙】でなく、ソードと呼ぶのは昔の知り合いだ。足が止まったのは、そのせいだろう。

普段は止まらない。知り合いの顔してどこかいかがわしい場所へ連れ込まれそうになるのは毎度のことだから。薬も盛られすぎて、毒耐性やら麻痺《まひ》耐性が半端なくあるし、と考えながら相手の顔を見た。

知らない顔だ。やはり罠《わな》か？　……いや待てよ。どこかで見たような……？

「久しぶり。十二年ぶりかな」

そう言われてようやく思い出した。

……そうか、十二年にもなるのか。少年少女が大人になって随分とたつ年齢だ。

……そう、彼女は……。

「久しぶりだな、カレン」

――生まれ育った村で「一緒に冒険者になろう」と誘われ旅立った、かつてのパーティの一人だった。王都で偶然にも出くわすとはな……。

俺は内心の驚きを押し隠し、インドラに声をかけた。

「……インドラ。先に行っていてくれないか？」

うなずいたインドラはリョークを連れて先に帰る。

その後ろ姿を見やったあと改めて彼女に挨拶《あいさつ》をし、軽く近況を聞こうとしたら、積もる話もあるし、せっかくだからどこかで飲みながら話さないかと誘われた。

断る理由もなかったので、俺はうなずいた。

——前の俺なら断っただろう。話すことなどない、と。……だけど、今なら話が出来る。

………はずだ。

でもやっぱ、インドラと一緒がいいなぁ。アイツって、煽りスキルが半端ないけど、悪意を聞き流した上に逆手に取って相手にダメージを与えられるからさー。俺って、ちょっとの悪意でも敏感に反応しちゃうから、卑屈になっちゃうんだよね。

でも、確かに俺は成功した人間と言われているし、今は、成功している。妬《ねた》まれてもしょうがない、今はな。

だって、リョークを持ってるし、シャールも持ってるし、ブロンコも持ってるし。ついでに、かっこいい時計も持ってるし、すげー機能の眼鏡《めがね》も持ってるし。さらに、なんでも斬れちゃう剣に、なんでも貫通しちゃう遠距離武器まで持ってるし。ついでに、オークションで金貨を積まないと買えない酒まで持ってる。

妬まれてもしかたがないな、うん。


後日、インドラに作ってもらった服を着て出かけた。

虫が大好きなアイツは、俺が虫の糸から織った布を買ってやったら喜び、さっそくと言わんばかりにいろんなものを作った。

俺にはまずシャツを作ってくれた。……確かに、肌触りがいい。

そのあと、細身のかっこいいジャケットやパンツやらを作った。貴族の服みたいだけど、貴族の服よか動きやすい。ポケットがあちこちについていて、ちょっとしたものなら入るから、手ぶらでもいけそうだ。

——ホント、虫にこだわらなきゃかっこいいのが作れるのにな。なんで虫にこだわるかね？　ホンットーにブロンコを飛蝗《ばった》にしなくて良かったと思うぜ。

……って考えながら歩いていたら待ち合わせ場所到着。カレンもちょうど来たようだった。

再会した衝撃が落ち着き、今、まじまじとカレンを見て、思った。

老けたよなー。

……いや、俺もそうなんだけどさ。インドラのピチピチのきめ細やかなお肌を見慣れてると、こう……あ、ブーメランだ。帰ったら、インドラ直伝のパックとやらを念入りにやろう。

確かに老けたけど、小さかったカレンは背が高くなり、胸もそれなりに育ったようだ。インドラもこれくらいは成長したいであろうが…………待て、それ以上考えるな俺。

おっさん臭い発想が浮かんでくるのはインドラの影響を受けたせいだなきっと。俺は思考を止《と》めてカレンに挨拶した。

「ちょうどか？」

「ええ。……相変わらず、時間に正確ね」

ん？　昔からだっけかな？　俺、昔は時計なんて持ってなかったから、時間に正確かどうかはわからなかったけどな？　ま、いっか。

カレンは王都に詳しいらしく、彼女の薦めるパブに行った。

薄暗く、しかも恋人同士が多くて俺に注意を向けられずに済んでホッとした。ゆっくりと語らうにはいい店だ。

席に着くと店員にエールを注文する。……あー、いっそ「俺のオゴリだ」とか言って手持ちのエールを出したい。けど、前にソレやったら「借金奴隷になったやつの金で酒をおごった」とか言われたので、もうやらない。

だけど、これくらいは、やる。

カレンが置かれたエールのグラスを手に取ろうとするのを止《と》め、小声で詠唱。

「……え？」

カレンが戸惑う中、グラスが凍ってエールが冷える。

「冷やすとうまいんだ。最近ハマってな」

俺が言うと、カレンが笑った。

「攻撃魔術をこんなふうに使うなんて、貴方《あなた》らしい」

って言われたけどソレ、俺の発想じゃないから。俺、そんな非常識な男じゃないから。

乾杯して、エールを飲む。

……うん、ま、冷やしたら飲めるな。ちょっと酸っぱいけど、そういうものだと思おう、うん。

「あ、おいしい！　冷やすと、すごく飲みやすいわね」

カレンが喜んだので、やっぱ常温は酸っぱいよな、って思った。

そのあとすぐにカレンおすすめの料理が並ぶ。

俺は何気なく一口食べ、思わずさじを止めてしまった。

いろいろな意味で、今まで食べていた料理と違っていたからだ。

……ヤバい。舌がぜいたくになっているな、俺。

そうか、これが成功したってことか……って違うわインドラのせいだわ。アイツの手料理に慣れすぎたせいだわ。

カレンがそんな俺をまじまじと見て言う。

「……それにしても、変わらないわね。見てすぐわかったわ」

「え？　俺って前からそんなに老けてた？」

ちょっとショック。

インドラから「若々しさが足りない」って言われてたけどさ、昔を知ってるやつにまでそう言われると結構ヘコむし傷つくよな……って思ってたら、カレンが笑って首を横に振った。

「違うわよ、逆。全然老けてないじゃない」

「……そこまでピチピチじゃないよ？　俺」

皮膚の老化は大分回復した、ってインドラが言っていたし俺もそう感じるけど、お肌ピチピチのインドラと比べると……あ、昔ッから俺、太陽光を浴びてたわ、だから昔ッからお肌が荒れてたのか。

俺の反応を見てカレンが戸惑った。

「……え？　なんで落ち込んでるの？」

「……昔から俺って肌荒れしてたのかなー、って考えてた」

俺の返答を聞いたカレンが笑う。

「男のくせに、肌荒れなんて気にするの？　やっぱり変わってる、ソードって」

俺は肩をすくめた。

「俺だって気にしてなんかいなかったよ。でも、俺の相棒が、俺のこと四十歳に見えるとか言い出してさ……」

カレンの表情が急に曇り、低い声で尋ねてきた。

「……パーティ、組んだんだ？」

「あぁ。ようやく見つかった」

俺はうなずく。――本当に、ようやくだ。

十年かかって、ようやく見つかった。

「……どんな子？　あの、一緒にいた子よね？　随分幼そうだったけど……」

「実際幼いよ。十歳だからな」

カレンが驚きのあまり絶句した。そりゃ十歳と組んでりゃ誰だって驚くか。

「中身はおっさんだけどな。しかもドS。アンデッドのダンジョンで、俺たち二人だと怖がるやつがいないからつまらないとかで、高飛車の上におびえまくってまったく役に立たない神官に声をかけてパーティ組んで、ソイツがおびえて泣きじゃくるのを見て楽しむようなやつだよ」

……本当に、アレは、俺の概念をひっくり返してくれた出来事だ。

その神官をかばうどころか積極的に盾にしようとか、わざと怖がらせようと至近距離で敵を倒すとか、自分を助けろと命令してきた神官に蹴《け》りを入れて、お前を盾にしてやると言い放つとか、すっげーよな。

今までの自分が間違ってたよ、うん、俺を利用しようと寄ってきたやつはこうやって扱えば良かったんだ、って思い知った。

「……どうしてそんな子と？　あなたなら誰とでも組めるじゃない。より取り見取りだったのに、どうしてそんな子と組んだの？」

カレンの非難するような口調と表情に俺はムッとしたが、よく考えれば俺が『そんな子』みたいなことを言ったんだった。反省して謝る。

「いや、すまない。『そんな子』って言われるようなやつじゃない。大切なやつを大切だって思える、お人よしのまめな世話焼きだよ。確かにドSだけど、基本は相手が悪いんだぜ？　つっかかってきたり嫌みを言ってきたりするから、アイツが煽《あお》りスキルを発動して相手を底の底までへこませてるだけだ。優しいやつには優しく出来る、いいやつだよ」

俺が弁解したら、カレンが黙った後うつむいた。

「………そう、なの。ごめんなさい、嫌な言い方をしたわね私」

「いや、俺こそ悪い。アイツは仲間だからついけなすけど、でもそれはアイツのほんの一部分で、基本はいいやつってのが大前提なんだ」

俺がインドラの話をするのって、メイドとか使用人ばかりだからな。

信者があまりにもアイツを大絶賛するからついつい憎まれ口になっちまうけど、インドラを知らないやつが聞いたらひどいやつだって勘違いするよな。

「インドラはいいやつだよ。いつだって俺の心配をしてくれてる。一緒にいて気楽だしな。『こんなふうに考えていいんだ』って気付かされる。……初めて『俺に仲間が出来た』って思えた」

そう言ってカレンを見たら、カレンが曖昧《あいまい》な顔になっていた。

――あぁ、そうか。

俺は失言に気付いた。

「……お前たちには悪いことしたって思ってる」

「…………え？」

曖昧な顔のままカレンが疑問の声を洩《も》らしたので、俺は自分の気持ちを説明した。

「お前たちとパーティを組んだとき、俺は、初めて出来た『仲間』に浮かれてたんだ。だから、お前たちの気持ちなんて考えず、俺がどうにかすりゃいい、それだけしか考えていなかった。でもインドラと組んでそうじゃなかったってようやくわかったんだ。……いや、違うな。どっちみちダメだったか。支え合うことは、お前たちとは結局出来なかっただろう」

――俺は、物心付いた頃には既に孤独で、村でほとんど無視されていた。友達もいなかった。

そんな俺に「一緒に冒険者になろう」、そう声をかけてくれた連中がいて、心底うれしかった。

だから、俺が頑張ってコイツらを守れば良い、そう考えていた。そしてカレン以外の連中も、俺が頑張っているんだからそれでいい、そう考えていた。

カレンだけは俺についてきてくれたが、ついてくる『だけ』だった。魔物を狩るのも雑用をこなすのも俺が一人で全てこなしたほうが早かったからだ。むしろ足手まといになっていた。そして、そのことがカレンを苦しめ、傷つけた。

「もう、ついていくことが出来ない。私のいる意味がわからない」

とうとうカレンに言われて、俺はパーティを脱退した。他の連中はとっくについてこられず、俺が倒して稼いだ金で暮らしているだけだった。

——連中をダメにしたのは、俺だ。だから俺が抜ければまとまり、全員が協力し合うようになったんだろう。

俺は暗くなる気持ちを押《お》し潰《つぶ》し、あえて明るく言った。

「……ま、俺がいなくなって良かっただろ？　他の連中、どうしてる？　今日、声をかけてくれても良かったのに」

俺の言葉にカレンはますます曖昧な顔になった。

「………うん。私、他の皆とはやっていける自信がなかったから、ソードのすぐあとに脱退したの。他のみんなも同じで、自然と解散したみたい。サムは、実家に帰ったと思う。元々、みんなに引きずられて冒険者になったって感じだったし。ジャックと、トムは………冒険者を続けようとしたけど、うまくいかなくて借金奴隷になって、そのまま死んじゃった。ダイは…………。盗賊になった、って風の噂で聞いた。生きてるのかな、どうだろ？」

俺は目を伏せた。酒を飲み、しばらく経ってからようやく声を出した。

「………そうか」

「うん」

………そういや、知り合ったやつ、何人も死んでたな。カレンがこうして生きているからって、他の連中も無事だなんて思うのがおかしかった。

カレンが気まずい雰囲気を払うように、明るい声を出して話題を変えた。

「あ、私ね！　今のパーティで、Cランクになったの！」

俺もその話に乗っかり、明るい声で相づちをうつ。

「へぇ。じゃ、ダンジョン試験クリアしたのか」

「うん！　……ま、王都のダンジョン踏破したソードには敵《かな》いませんけど？」

いたずらっぽく言ったその言葉に俺は苦笑した。

「俺だってソロなら無理だったよ。特に最深部はな。インドラがいなけりゃ無理だった」

カレンが驚いた顔をする。

「あの子、そんなに強いの？　本当は荷物持ちとかじゃなくて？」

「俺と戦ったら勝つのはアイツだな」

俺の返答にカレンは絶句している。

「剣も魔術も俺と同等で、さらには魔導具も作れる、まさしくアイツは【オールラウンダー】だ。……そんなアイツでも『俺にしか出来ねーことがある』って言うんだよな。だから、支え合える。アイツが足りない部分を俺は持っている。だから、アイツにとって俺は最高のパートナーだ」

もちろん、俺にとっても。

アイツはまめな世話焼きだから、その世話を喜んでさせてやるさ。アイツが作る料理や酒を、全部うまいと言いながら食べ、アイツが作る玩具《おもちゃ》で遊ぶ。虫から出来た服だって、アイツが作ったんだからちゃんと着てるぜ？　うん、相互関係、出来上がっているな！

急にカレンが乾いた笑い声を立てた。

「……なんか、のろけを聞いてるみたい」

「いや、そんなんじゃねーし」

自棄《やけ》になったような、カレンのひび割れた声を俺は即座に否定した。そんなふうに思われちゃ困る。

だいたい、十歳とどうにかなるかよ。せいぜい兄ちゃんと歳の離れた妹、ってトコだろ。断じて親子じゃねぇ！

俺が不機嫌になるのを見たカレンがイタズラっぽく笑った。

「わかってるわよ。……噂じゃ、【迅雷白牙】は男の子が好みだった、とか言われてるけどね？」

そんな噂があるのかよ。それでもいいけど……いやよくねーな、男に言い寄られても困るし。

つーか、アイツは女だけどな。インドラは、あの威張りくさった歩き方をやめるか、せめて髪を伸ばさねーと今後も間違われるぞ。メイドに言われて髪を伸ばし始めたと思ったら、旅に出たらすぐ切っちまった。俺が説教したって聞きやしねぇし。

念のためとカレンにも言っておく。

「俺、男も女も興味ないから。……つーか、あの髪型じゃどう見たって女に見えないよな……」

「え？」

「いや、インドラは女だよ。まだ幼いから特徴が出てないし髪型も男みたいなんだけど、女だ」

「…………え？」

カレンがまた微妙な表情をするので、俺は手で制した。

「いや、言いたいことはわかる。大股《おおまた》で腹を突き出して意気揚々と歩く姿はガキ大将、貴族のような見た目のくせにおしとやかさは皆無だし、髪が短いのでいっそう小僧みたいなんだが、本人は自分を可憐《かれん》で色っぽいと思っているんだ」

カレンが引きつった笑い声を出した。

「あ、あはは……。そう、あの子、女の子、なんだ……」

「逆に気楽だよ。性別の意識をせず色恋抜きで付き合えるからな」

「あ！　そうなんだ！」

急に声を弾ませてきた。そんなカレンを見て、俺はふと気付いて頭をかいた。

「……悪い。俺のことばかり話したな。お前はどうなんだ？　今のパーティは長いのか？」

「え？　あ、うん。そうかな、長いかな……」

急にカレンの歯切れが悪くなる。……あまりうまくいってないのか？　確かに年齢を考えるとちょっと遅いが、逆にこの年齢でCランクにいけたのなら、安定しているパーティ、ってことだ。

「Cランクってことは、役割分担が出来て連係も取れているパーティの証拠だろう？　……俺も、パーティを組んで初めてわかったよ。やっぱり仲間同士、支え合いながらダンジョンや依頼をこなすってのは楽しいし安心する、ってな！」

「………うん、そうだね」

カレンの返事に俺は笑顔でうなずいた。

だよな！

俺は、ようやくそれを実感出来てうれしい。


そろそろ帰らないと、って言うと慌てたカレンに、「あ！　……もう一軒、良い感じの店があるんだけど」と誘われたが、俺は謝り断った。

「悪い。インドラを待たせてるから。もう帰らないとまずいんだ」

「え……あ、そう、なんだ……」

カレンがしおれるが、そろそろ腹も減ってきたし。パブでは結局、料理にほとんど手をつけなかったからな……。

俺は片手を上げる。

「じゃあな、お前も元気でやれよ。言っておくが、無理は禁物だ。何事も過信するなよ？」

「うん、ありがと」

去ろうとしたらカレンに呼び止められた。

「ソード！　……また、会えるかな？」

俺はカレンを見つめ、首を横に振った。

「もう会う必要はないだろう。俺もお前も別の仲間が出来て、別の道を歩んでる。今回俺は、報告したかったんだ。昔パーティを組んでた連中に『俺にも仲間が出来た』ってな」

カレンが、泣きそうな顔になっていた。俺はそれに気付かないフリをして続ける。

「俺は、ソロの【迅雷白牙】じゃない、パーティ名【オールラウンダーズ】のソードだ。それを伝えたかった、そして過去と決別したかった。もう、ボッチじゃねーよ！　……ってな。じゃあな、次に見かけても、もう声をかけるな。互いに前を向いて歩こうぜ」

そう言って踵《きびす》を返し、振り返らずに足早に去った。

角を曲がると、大きな影が姿を現す。

「ソードさん、お酒控えめでした。お母さんがきっと褒めてくれますよ？」

俺の白いリョークが言ってきた。

「うーわ。お前、のぞき見って良くないことだよ？　学習しろ」

「護衛してましたー！」

敬礼するリョークに笑っちまう。

「ものは言いよう、ってか」

俺はリョークをコツンとたたく。——ホンットーに、学習能力高ェなオイ！

借家に着くと、インドラが俺とリョークを出迎えた。

「お帰り。無事に帰ってきたか」

俺はインドラのセリフにいぶかしむ。

「ただいま。無事って何だよ？」

「お前がハニートラップに引っかかったり、変な悪意を察知して酒を過ごしたりと、そういうことが無事じゃなく帰ってくる、と言う」

……インドラの俺に対する過保護さが、リョークに対してと同レベルになってきた件。

俺は両腕を広げてみせた。

「おかげさまで、あれくらいじゃ磨かれた俺の回避スキルにはどうってことない……って、もしかして、リョークに見張らせたの、お前？」

思いついて聞いてみた。

インドラが肯定する。

「私が言わなくても自発的に見張っていたと思うが、リョークたちが心配していたから『いざとなったら助けてこい』と伝えたら、白リョークが喜んでお前を追いかけていったぞ」

ワーオ。ゴーレムからも心配されてる俺って一体？

俺は寄ってきたリョークたちをポンポンとなでてからインドラに言った。

「大丈夫だよ。最初のパーティにいたやつだったから、懐かしくて……つーか、のろけたくて？」

「は？」

先を歩いていたインドラが振り返った。

「見たか！　もう、ボッチじゃねーんだよ！　ってな」

「……そうか。まぁ……いいけどな」

「お？　なんだよ、その、濁した言葉は？」

俺はインドラの首に腕を絡めたが、インドラは気にした風もなく続ける。

「お前が楽しかったならいいんだ。ただ……昔一緒のパーティだったその女性は、お前に何か相談したいことがあったんじゃないかと思ってな」

うーわ。コイツって、人の気持ちに頓着《とんちゃく》しないわりにそんなことを察知してくるんだよなー。

「………まーな」

俺が曖昧《あいまい》に返事をすると、インドラが察してなじった。

「あ、気付いていて鈍感男子を演じたのか！　お前、その手口をよく使うけどな！　それって余計にモテることになるから気をつけろ！」

「だってよ、『私をアナタのパーティに入れて』とか言われたら困るだろ？」

どんな反応するかと思ってインドラの表情を見たら、インドラは難しい顔をした。

「むぅ……確かに困るな。断るだろうがさて、なんと言って断るかだな」

お？　コイツは俺が『断る一択』だと思ってるのか？

「んー……。断りづらいからなー」

そう言ってみたら「そうなのか」で、終わったので肩透かしを食った。

「……お前はどう思う？」

インドラに恐る恐る聞いたら、インドラは気にしたふうもなく答えた。

「私か？　お前がパーティに入れてやっていけると思う人材なら入れればいいんじゃないか？」

俺はその回答に驚いた。

「え？　いいの？」

「私が断る理由こそないだろう。お前を好いた女が入って、困るのはお前だ」

……さいですか。そして、その通りデスネ。

インドラが急に俺を見て指を突きつけた。

「だが、忠告しておく。お前を好いた女がパーティに入ったあとにもお前が私に対して変わらない態度をとったら、女は激怒して私とお前を殺そうとするかもしれないぞ！」

いきなりめちゃくちゃ意味不明なこと言ってきたんだけど。

「え、なんで？」

俺が尋ねると、呆《あき》れた顔のインドラが答えた。

「血みどろ魔女が良い例だ。単に話し込んで一緒のベッドで寝た、それだけで嫉妬《しっと》しベッドを拳《こぶし》でたたき壊したのち私を魔術で攻撃したじゃないか。私にこうしてヘッドロックしている行為をその彼女にも行うのなら話は別だが、お前の性格なら私にしかしないだろう？　それがよくないのだ」

俺は言葉に詰まった。

言われてみれば確かにそうだけどさ、他の女にやったら勘違いされるか悲鳴を上げて嫌がられるかしそうだし絶対やらないけど。……でも、こういうのっていかにも仲間同士って感じがして俺は憧《あこが》れてたんだよな。

俺から見たインドラは小さい子どもだし、インドラから見た俺はおっさんだし、問題はどこにもないんじゃないか？

俺は再度インドラに同じ疑問を投げかけた。

「なんでだよ？」

インドラは、やれやれといった感じのため息をつく。

「メイドたちにも、お前は私に対して気安い態度だと怒られているだろうが。お前はこんなに美幼女な私を小僧扱いしているがな、痛々しい二つ名をつけられるほど英雄扱いされているお前が、美幼女の私にだけ距離感のない態度をとったら、よほど心の広い女性でない限りは嫉妬するに決まっているのだ。それを理解しろ」

「……了解」

俺、その逆パターンがよくあったんだけど。

さんざん俺だけ仲間外れ扱いをされてきてたし、俺に気安くしたいって思うやつなんていないってわかってたから、嫌がらないインドラが貴重でついやりすぎちまってた。

俺はインドラに、恐る恐る尋ねた。

「……お前、気安くされるのが嫌だったのか？」

あ。ふてくされた。見事なまでに頬をふくらませている。

「そんなことを言いたいわけではない！　私はお前に忠告しただけだ！　私に気安く出来るのはお

前だけだ！」

ふくれっ面をしたインドラが、首に絡めている俺の腕をつかんでぶらさがり、俺を見上げた。

「――別に、誰を仲間にしようとお前の勝手だ。だが、私に対する態度は変えるなよ」

……なんだよ。俺が他のやつを仲間にするとか言ったことに対して、やっぱりちょっとすねたのかよ。

俺はインドラがぶら下がっている腕を持ち上げ、目線を上げた。

「わかってるよ、相棒」

俺が笑いかけると、インドラもふくれっ面をやめてニカッと笑った。

*

パブを出た私は、手を挙げ振り返らずに去っていくソードの後ろ姿をずっと見続けていた。

――あのとき、ついていくことを諦《あきら》めなければよかった。

そう思いながら。

ずっと好きだったと言うつもりはない。実際、恋人がいたときもあった。ソードと別れて、入り直したいくつかのパーティで楽しく冒険者をやっていたときは、ついていくことを諦めなければよかったなんて思ったことはない。

だけど、ソードの名を徐々に聞くようになり、とうとう【英雄】と言われ、二つ名までつけられ讃《たた》えられるようになったとき、いまだDランクの自分と比べてしまったのだ。

私は今まで何をやってきたんだろう？

……十二年前、ソードが脱退したので私も脱退したけれど、村には帰らず冒険者を続けた。

その後に入ったパーティは女子だけで、気楽で楽しかった。けれど、受ける依頼はそれまでソードが冒険者としてやってきた依頼ではなく、村にいたときのソードがやっていたような雑用や汚れ仕事ばかりで、それなら村で雑用をこなしていたほうがマシだ、というレベルだった。

メンバーに恋人が出来て解散し、次は男女混合だったが、やはり受ける依頼は雑用ばかり。それでも楽しかったから続いていた。

ただ、みんな冒険者でいるのは一時だけで、女子は定職に就いている恋人が出来ればさっさと冒険者を辞めるし、男子はわりのいい仕事が見つかればそちらに乗り換えていく。

Dランクまで上がるのでさえ、かなりの年月がかかった。

でも、私はそれが普通なのだと思っていたから特に何も思わなかった。ソードの噂を聞くまでは。

ソードがSランク冒険者になったと聞いたとき、何が何でもCランクに上がろう、そう思った。

それまでは、Dランクでよかった。

Dランク止まりの冒険者はたくさんいて、そこまでの実力があればパーティメンバーには困らないし、私自身、生涯冒険者でいることはないだろうと思っていた。

他の女の子たちと同じように、定職に就いている出来るだけお金持ちの男性と結婚するか、せめてお金持ちの愛人になれればいいと思っていた。

それが、平民の女子の普通の夢だから。

それなのに、ソードの話を耳にして、過去に抱いた夢を思い返してしまった。

お金持ちと結婚する——そんなつまらない夢なら、村にいればよかった。

村でなら一番の器量よしで、村長の息子とも結婚出来たはずなのに、私が好きになったのはソードで、だから「一緒に村を出て冒険者になろう」って私を狙っている男子から誘われたとき、ソードも誘ったんだ。

当時のソードは、村では底辺だった。でも彼は身体《からだ》が大きくて力持ちだったから、冒険者として活躍したらお金持ちになれるかもしれないと、そう思って。

いずれそのときが来た時、私がそばで支えてあげたい、そう思って。

私の見立て通り、ソードは冒険者としての適性があった。あまりにもありすぎて、誰もついていくことが出来なかったくらいに。

私がひそかに望んだ結末になったのに、どうして今、私は彼のそばにいないんだろう。

そう思ったら、何が何でもＣランクに上がってやると思った。

そうして、別のパーティに入り直して皆でＣランクを目指した。

パーティの中で私は最年長だった。私の年齢でＣランクを目指す人はそういない。男性ならいるけれど、さすがに私より年上の男性だらけのパーティに入るのはかなり身の危険を伴う。

そうして、いろんなトラブルがあり、何年もかかったけれど、何度もトライをし、ようやくＣランクに上がれた。

なのに……パーティのリーダーから遠回しに脱退の打診をされた。

私が脱退しないのならば、リーダーが脱退して、新しくメンバーを集めてパーティを組み直したいのだそうだ。

理由は、このままのメンバーでＣランクの依頼をこなす自信がないから。

いわゆる、戦力外通告。

私がメンバーの中の誰よりもＣランクに上がりたいと望んでいて、だからこそ全員くじけずにやれた。それは私のおかげだと言われたけれど、今回合格した試験はたまたま運が良く敵に遭わずに最短の道を選べただけで、私たちにＣランクの実力があったからではない。だから、このメンバーの中から死者を出す前に調整したいと言われた。

私は了承したが、その前に一度だけこのメンバーで依頼を受けてみたいと懇願《こんがん》した。

Ｃランクとしてこのメンバーで依頼をこなしてみて、それでもダメだと思ったのなら素直に脱退する。だけど、もしもやれそうだと思ったならもう少しだけ一緒に組んでくれないか、長く一緒に頑張ってきたのだから、と言うと、リーダーは了承してくれた。

……その、最初で最後になるかもしれないＣランクの初仕事が、盗賊団の討伐だった。

向かうのは私たちだけじゃない。他のＣランクパーティと合同でだ。

警備団なども加わる、私たちが今まで経験したことのない大がかりな内容だった。

「これが最初のＣランクの依頼か。正直、このパーティでやっていけるかどうかの判断はつかないかもな」

リーダーが苦笑しつつつぶやいた。

なんでもいい。

これで活躍出来たならリーダーも考え直してくれるかもしれないし、そうでなくても別のCランクのパーティと意気投合出来るかもしれない。

緊張しつつも気合いを入れて向かった。

……結果は悪夢のようだった。Dランクでは考えられないほどに凄惨《せいさん》で、たとえ悪人退治だろうと同じ人間と戦い殺し合うのはあまりにもつらかった。

それでも私は戦った。戦えたのは、ソードのことがあったから。

ソードだって経験しているんだ。もう、ついていくだけしか出来なかったあの頃とは違う。そう思いながら戦った。


そうして。さらなる悪夢が私を襲った。

夢中で戦っているうちに、仲間から離れてしまったらしい。目の前の敵を斬り、ふと周りを見渡したら誰もいなかった。慌てて合流しようと振り返ったとき、隠れていたらしき盗賊の男が襲いかかってくる。かろうじて防いだ。

だが、襲いかかってきた盗賊の男が、私を見て驚いたのだ。

「……カレン⁉」

その聞き覚えのある声に私は記憶をたぐる。

そうして思い出した。

彼は、私を冒険者に誘った同じ村のパーティのリーダー、ダイだ。

驚愕《きょうがく》に動きが一瞬止まってしまった。

ダイはニヤリと笑ったと思ったら、私の武器を跳ね飛ばした。

そうして、下卑た笑いを浮かべたまま、私に語りかけてくる。

「老けたもんだなぁ。小さい頃はかわいかったのに、あの頃の愛らしさはかけらもねーじゃん。てっきり村に帰って適当な男と結婚しているかと思っていたのに、まだ冒険者なんてやっていたのかよ？」

私は黙ってダイをにらみつけた。ダイはニヤニヤと笑いながらおどけて言った。

「おーコワ。……そういやさぁ、お前を見て昔を思い出したんだけど。俺、なんでお前を冒険者に誘ったか知ってる？」

黙ってにらみ続けていると、ダイは勝手にしゃべりはじめた。

「お前が村長の息子と結婚するってわかってたからだよ。……女はいいよな。結婚相手を捕まえりゃ、男の金で金持ちになれるんだもんな。それがムカついたから、誘ったんだよ。お前があのつまはじき野郎に惚《ほ》れていたのもわかっていたから、お前があいつと成功する夢を見させてやろうって思ったんだよ。どうせ叶《かな》わないってのも、わかっていたしな！」

ダイはそう言うと、声を上げて笑い出す。

そんなダイをにらみながら、私も言い返した。

「そうね。私の見立て通り、ソードは名を成したわね。……盗賊ごときに身をやつした貴方《あなた》は知らないでしょうけど、彼、今じゃ救国の英雄なのよ？　貴方、村じゃソードに対して威張り散らしてバカにしていたけど、もう立場が逆ね。ソードは皆に尊敬され、褒めたたえられているわ。貴方は盗賊稼業で村のみんなにも顔向けが出来ないほどに落ちぶれたのにね」

ダイの笑いが止まった。

そうとう痛いところをついたようだ。……ダイだけじゃない。私にとっても痛いところだ。

一緒に村を出たのに……ソードは村では底辺にいたのに、今じゃ雲の上の人だ。

王城で王様や貴族様にその武勇をたたえられ、ギルドでは名前を知らない人などいないほどの有名人で、冒険者を目指す若者は、みなソードのようになりたいと口をそろえて言う。——そんな人と最初にパーティを組んで冒険者になったはずだったのに。

私もダイも、自慢する気持ちよりも悔しい気持ちのほうが勝っている。

同じ夢を見たはずなのに、なぜこうも違うのだろう。

ダイはあんなふうに言ったけれど、村で朝から晩まで働いても大した稼ぎにならない暮らしより、冒険者になって名を成してやろうという気持ちの方が実際は強かったはずだ。でなければ、私をそそのかすだけでよくて、パーティまで組んで一緒に村を出る必要はなかったのだから。

ダイは引きつった顔で、それでも私をあざ笑うように言った。

「……我慢してアイツにくっついてりゃ、村長の息子と結婚するよかいい暮らしが出来たのにな。お前こそバカなことをしたよなぁ？　ま、何にしても今のお前じゃ相手にされねーだろうけどな。

なんせ、英雄サマなら上玉を入れ食いだろうからな！　……かく言う俺も、女には不自由しねーからな。若い女をさらってくればいい話だからよ！」

　思わず笑ってしまったら、今度はダイが私をにらむ。

　私にとってもダイにとっても、ソードはいまだ心に刺さるくさびだ。決して抜けない、忘れたと思ったらその名前を聞かされる、決して敵《かな》うことはない、かつての幼なじみ。

「……何がおかしいんだよ？」

　これを言ったら殺されるな、そう思ったけど止まらなかった。

「……そうね。私は我慢してついていけばよかった。そして、貴方も我慢してついていけばよかったのよ。ソードの性格につけこめば、なにもしないでソードが稼いだ金で遊び歩く貴方でもそばに置いてもらえたでしょうし、運が良ければソードの腰ぎんちゃくとして名を成したかもしれないのにね？　こんな、盗賊稼業まで落ちぶれなくても、ソードの稼いだお金でそれこそお金持ちと結婚するよりもいい暮らしが出来たでしょうよ。男の貴方でもね！」

　私の言葉に激昂《げきこう》したダイは、剣を振り上げた。

　むしろなぶり殺されるよりよかったかも。そんなことを、振り下ろされる剣を見ながら思った。

　そして、リーダーの言葉が正しかったと思った。

　Cランクになれたのはまぐれだ。Cランクになったらこんな依頼は日常茶飯事で、護衛の仕事を受けたら襲いかかる盗賊を返り討ちにしなくてはならない。夢中になって戦って、いつの間にかはぐれるなんて言語道断だ。

それでも……Cランクになりたかったし、まぐれでも、なれてよかった。Cランクが冒険者として一人前ならば、ようやく一人前になれたのだ。ソード、貴方なしでも私は一人前の冒険者になれたよ。

振り下ろされる直前に、ダイが吹っ飛んだ。

驚いて振り返ると、仲間が救援に来てくれていた。遠距離攻撃でダイを攻撃して、私を助けてくれたのだ。

「みんな……」

リーダーは、こわばった顔で私をにらんでいる。

言いたいことは分かる。私だけがメンバーと連係出来ていなかった。みんながそんな私をフォローしていたのだ。そしてリーダーはそのことを、年上の私に忠告出来なかった。

「ありがとう」

私がお礼を言ったら、みなは口々に無事でよかったと気遣い喜んでくれた。良い子たちだった。

ダイは捕縛された。この場では殺されなかったけど、結局死罪になるだろう。

私は、パーティを脱退することにした。

リーダーの言いたいことは伝わったし、私のせいで自分が死ぬのはともかく、仲間を犠牲にすることは出来ない。そのことを伝え、ただひとまずはみんなで王都を目指した。

Cランクになったら行こう、そう約束をしていたのと、私の次の仲間を探すのだったら王都のほうが見つかりやすいのではないかという理由からだ。

――そうして、ソードに出会った。

王都で活動していたら会えるかもしれないとかすかな希望は抱いていたけれど、本当に会えるとは思わなかった。

身長がかなり高くなりがっしりとした身体つきになってはいたけれど、それ以外はまったく変わらないその容姿に驚いた。まるで、昔に戻ったような錯覚に陥る。

ソードは私を覚えていてくれた。そして、話をしたいと言ったらうなずいてくれた。

私は、ここでソードに出会えたのは運命だと思った。脱退することになって王都にやってきて、出会えたのは偶然なんかじゃない。必然だったのだと。

ソードに、私とパーティを組んでくれと頼むつもりだった。

Sランク冒険者は全員がソロだけど、任意でパーティが自由に組めるという話だ。ならば、私とも組めるはずだから、断られるはずがないと思っていた。

――そう、思っていたのに。

楽しそうにうれしそうに今の仲間のことを語るソードに、何も言えなくなってしまった。

偶然出会ったときに見たその子は、貴族の子どもかと思うほどきれいな子で、ソードは貴族とも親しげに話すのかと誤解してしまったくらいだ。ゆっくりとその子のことを語るソードを見て、大事に思われているその子に嫉妬《しっと》した。

あの時、ついていけないなんて言わなければよかった。我慢してついていけば、私がその子と同じように思われていたかもしれないのに。

そう内心で考え続けていたとき、いきなりソードに謝られた。そして、私たちでは関係を築き得なかったと言われて、頭が真っ白になってしまった。

パーティのことを聞かれたら、現状を正直に話そうと思っていた。それを皮切りに、ソードにパーティを組んでくれないかと頼むつもりだった。なのに――。

ソードが、本当にうれしそうに仲間を語るから。

今、その子といるのがとても楽しいのだと思い知らされてしまって、それ以上のことを言えなかった。


ソードにそろそろ出ようと言われてそのまま外に出て、去ろうとするソードを何とか引き止めて、次も誘った。次で必ず切り出そう。そう決意したけれど、ソードはそんな私の思いを読み取ったかのように、困った顔をして首を横に振った。再び去ろうとするのをなんとか引き止めたけれど、ソードは私を諭すように言葉を紡いだ。

「過去と決別したかった」「次に見かけても、もう声をかけるな。互いに前を向いて歩こうぜ」

その言葉は、私の心に鋭く刺さった。

ソードは、貧村でつまはじきにされていた子どもではなく、成功して【迅雷白牙】と呼ばれる英雄になっていた。私の相手をしてくれたのは、昔の自分を知っている人に今の自分を自慢したかったから。

自慢し終わったら、もうおしまい。彼は、私と話したことで過去と決別した。

とっくに見えなくなったのに、それでもまだソードの去った路地を見つめ続けて、ふと洩《も》れた。

「……何やってんだろ、私」

気が抜けてしまった。

同時に、ソードに期待していた自分に気がついた。

いつか出会えたら、そのときにもう一度やり直せる。Ｃランクになっていたら私を仲間にしてもらえる。どこかでそう驕《おご》っていたのだ。

私の中のソードは、村人たちから毛嫌いされ、男の子たちからも邪険に扱われて、ひとりぼっちでいた少年だった。成長しても変わらないのだと思い込んでいた。

そんなこと、あるわけがないのに。

今のソードは成功して仲間と楽しく過ごしている。落ち着きも分別もある大人で、Ｓランク冒険者の仲間になってもついていくだけでいいと思っているようなＣランク冒険者の、浅はかな心の内を読み取ってやんわりと断ってきた。

——またいつか、ソードのことを思い出すかもしれない。でも、今は忘れたい。

だから、冒険者はもう辞めよう。そう思った。

八章

私たちはダンジョンで得た報酬の整理をした。

そこで出た要らないものを（ソードが持っていたガラクタ魔導具と共に）ギルドに売り払ったのだが、希少で高額なものばかりなので査定に時間がかかると言われて、仕方なく待機ナウ。

宝石類もいらないんじゃないかなと思ったけど、それは万が一の事態に取っておくのだそうだ。

宝石が必要になるってどんな事態だろって思いつつ、ダンジョンコア様にお会いしたり人型ボスに遊んでもらったりして過ごしていたら、王城から使いが来た。なんでも「王城に参内しろ」とのことらしい。

ハテ、どうして？　と尋ねると、ソードは肩をすくめながら教えてくれた。

「表向きは、王都のダンジョン踏破の祝辞を与える、ってとこだな。実際は、ダンジョンの宝の一部をよこせってことだよ。ま、予測してたけどな」

もしかして、万が一の事態ってこのこと？

「なぜに何もしていないやつらがよこせというのだ？」

私が首をひねると、ソードが苦笑した。

「そうだな。建て前としちゃ、ここは王の直轄地だ。つまりは領地だ。領地で産出したものは、何割かの税を払わねーとなんねーんだよ」

なるほどねー。言われてみれば確かにそうだね。理解した。

ソードは悩みに悩んだ挙げ句、一人で参内する決意を固めた。いわく、「……膝《ひざ》を折らないお前が王の前で何やらかすのかが怖くて、連れてけない」だそうだ。

私はソードの憂いをはらうべく言ってやった。

「王城を滅ぼし王がいなくなったとしても、民はやっていけると思うぞ」

「ホンットーにやめて。王様は悪い人じゃないから」

と、悪意を感じ取る達人が返した。

……ふーん？　悪くない人が王様なんてやっていけるのかなー？　あ、そうか、周りの人間が悪い人ならやっていけるな。

ソードは、私の言葉でますます一人で行く決意を固くし、使いの者にその旨を伝えているのだが、使いの者がそれは不敬だというようなことを言ってもめている。

いっそ行かなければいいのに。

ソードではらちが明かないようなので、ここは私が追い返してやろう。

「いつまでもめているんだ」

ソードが私を見て、諦《あきら》めたようにため息をつき、使いの者に向かって言う。

「この通りの、高慢ちきで礼儀知らずの子どもです。参内なんて無理ですよ。そもそも俺だって無作法者だし。下手すりゃ俺たちと騎士団で戦争になりますよ？」

私はソードの弱気な意見を即座に否定した。

「安心しろソード。戦争になどならん。私とお前の実力なら一瞬にして王城など灰に出来るぞ！」

使いの者は硬直し、ソードは天を仰いだ。

「生き残った連中は……そうだな、ダンジョンの最深部ゾーンにでも放り込んでやるか。あそこは通常の人間には耐えられないそうだからな。もしも耐えられ、あの精神界のボスと見《まみ》えることが出来るなら骨のあるやつと認め、見逃してやろう。彼もいい退屈しのぎが出来るし、何か問題を起こそうとも彼とダンジョンコア様なら一瞬にして滅することが出来るだろうし」

機嫌良くしゃべっていたら、ソードが私に拳固《げんこ》を落とした。

「いたい！」

「……こんなことを平気で、しかも王の前でもマイペースにしゃべるやつですよ。本気で連れて行きますか？　ちなみに、冗談ではなく全部本気で言ってます。そしてその実力もある。王都に来襲したドラゴンと魔族よりもやっかいなやつなんだ。――魔族の連中がまたやってきても、俺は勝つ。だけどな、コイツに勝てるビジョンだけは持ち合わせていないんだよ」

ソードが最後若干の威圧を込めて使いの者に言い放った。

使いの者は思わずひるみ数歩下がった後、私とソードを一にらみしブツブツと捨てゼリフを吐いて帰って行く。

私はその背中を手を振って見送り、ソードに向き直った。

「これでもゴリ押ししてくるようなら、もういっそ王城に乗り込んで殲滅《せんめつ》してやればいいんじゃないか？　そしてここのダンジョンコア様に挨拶《あいさつ》したら、今度は魔族の国へ行こう！　屋敷の皆も連れて行けば良い。今回手に入った素材で大型シャールを作って、皆で旅をするのも悪くないと思わないか？」

旅芸人一座みたいだ。

ソードは私を無表情に見たかと思ったら、破顔した。そして私の頭をなでる。

「そうだな、悪くない」

その表情を見て、思った。

やっぱり、美容製品の効果が出ているぞ！　若返ってきた！　肌、再生しているぞ！　今の表情は、年上の少年のようだったぞ！

ソードが、私のうれしそうな表情を見てキョトンとした。

「ん？　どうした？」

「今の顔は、十八歳くらいの感じだった。美容の効果が出てるなと思って、うれしくなったのだ」

「……そっか」

ソードはつぶやくと笑った。

「四十歳から一気に十八歳かよ。若返り過ぎって気がしなくもねーが、ま、悪くはないな」

そりゃ、性別関係なく若い方がいいだろう。ちゃんと歳を重ねるのと、一気に老化が進むのとでは意味が違うもん。

その数日後、また王城から使いの者が来た。

懲りていないようなので、今度は最初から私が応対した。

「うむ、実力行使に出るしかないな！」

殺《や》る気でガッツポーズしたらすっ飛んできたソードに止《と》められ、使いの者が何やら謎なことを言いだした。

「私は、非公式の使いです」

……は？　非公式の使いって、何？

キョトンとすると、ソードが口を開いた。

「……お前が出てくる、ってことは、内密な話か？」

ん？　今回の使いの者はソードの知り合い？

使いの者は社交的な笑みを浮かべて自己紹介をしてきた。

「初めまして、ソードのパートナーになられた方。私はシャドと申します。王の側近でして、公にはしない交渉につきましては、私が直接出向いてお話をさせていただいております」

「私はインドラと申します。お初にお目にかかります」

男子貴族式礼をしてきたので同じように返すと、シャドと名乗った使いの者が言う。

「女性でいらっしゃるのに、男子貴族式礼をされるのですか？」

「ドレスを着ていないと格好が付かんからな。男と女で所作に差があるのは、衣装のせいだろうが。ならば、衣装に合った礼をするべきだろう」

クスリ、と笑うシャド。

「左様でございますね。では、王城においでの際は是非ドレスを着用されて、女子貴族式礼をご披露くださいませ」

私はにべもなく断った。

「王城を殲滅することになった場合、メイドたちが用意してくれたドレスを汚すのは忍びない。なのでお断りする」

ソードが深いため息をついたので、私はソードを見た。

「なんだ？」

「お前のその率直さってスゲー尊敬する、って思ったの」

ふーん。

シャドは固まったけれど、すぐ笑顔を取り戻した。さすがだね、たぶん上位貴族だ。

「そのようなことにはなりませんので、どうぞご安心を」

私はシャドの言葉を鼻であしらう。

「そんなもの、私の気分次第でどうとでもなるだろう。私がそういう気分になったら、お前がどうあがこうとも殲滅されるのだ。安心出来ないのはお前の方だな」

とうとうシャドの笑顔がこわ張った。

ソードは手で顔を覆い、嘆息する。

「……だから俺は再三言っただろうが！　万事がこんな調子だから、王城に連れて行くのは無理だ。

それこそ激高した騎士団と刃を交えることになるぞ！」

　私はソードとシャドに言い放った。

「私は行ってもいいぞ。こうも押しかけられるのはいい加減迷惑だ。出向いて、もう二度と来てほしくないと思わせてやる。いっそ何も思えないような状態にしてやろうか」

　脅しを込めた私の言葉に、シャドの笑顔が消え、フルフルと細かく震えだした。

　私はシャドをのぞき込む。

「ん？　どうした？　急に寒気がしたのか？」

　ソードが首を横に振って教えてくれる。

「お前が煽《あお》ったから、怒りのあまり鉄面皮のコイツですら感情の制御が出来なくなってるんだよ」

　煽っているつもりは全然ないんだけどなぁ。

　だが、本当だったらしい。シャドは一度深呼吸をすると、無理やり笑顔を作り尋ねてきた。

「……まさかと思いますが、本気でおっしゃっているのですか？」

　私はうなずく。

「当たり前だ。私はあまり冗談は言わないのだ。社交辞令は通用しないしな！」

「あ、だから何でも額面通りに受け止めるんだ？」

　ソードが今さら気付いたように言うので、私はソードに向かって説教した。

「お前もいっちいち悪意なんか拾わず、相手の言葉の裏や感情など読み取らず、額面通りに受け止めておけ！　言った通りの解釈でいいんだ！　裏を読んだところで、どうせ相手は『そんなことは一言も言っていない』と都合よく言い逃れするに決まっている。ならば、そのまま受け止めれば無駄な労力を使わずに済むだろう」

「今度からそうする」

ソードが感心したように答えるので、うむ！　と力強くうなずいたあとで、シャドとまた相対する。

「お前らが望むのならば応えてやる。その前に言っておくが私は自分より上の存在を認めない性質《たち》で、唯一認めた強者はソードのみ。そのソードは私の仲間だ。だから、お前等が私の上に立っていると思い込み、何を言い何をしてこようが、私には蟻……はこの世界では巨大で脅威だったな、じゃあ、スライム！　スライムくらいの脅威だ！」

……ん？　スライムもわりと脅威かな？　しかも、役に立つ。

うーむ、最後はちょっと締まらなかったけれど、私の言いたいことは概《おおむ》ね伝わったらしい。

シャドはこぶしを色が変わるほど強く握り目を閉じると、静かに息を吐き、ゆっくり目を開くと私を挑発するかのように冷然と見下ろした。

「……なるほど、聞きしに勝る傲慢《ごうまん》さと尊大さ。これが、英雄【迅雷白牙】のパートナーですか」

ソードが私をかばうように一歩前に立った。

「そうだ。これが俺のパートナーだ。ちなみに今の俺は【迅雷白牙】じゃなく、俺たちで【オールラウンダーズ】だ。次にドラゴンと魔族が現れても、脅威でもなんでもないぜ。コイツとなら瞬殺出来るよ」

シャドはソードを見て、ゆったりと笑う。

「ふふふ……そうですか。確かに今は【救国の英雄】ですが、一転して【世界の悪】となり得ることもありますよ？」

シャドの言葉にソードは目を細めた。まーた、相手の悪意を読み取ったな？

「そうだな。まさにその通りだ」

私が肯定してうなずくと、二人が私を見た。

シャドはそうくるとは思わなかったのか、作り笑いをやめて警戒した表情で私を見る。私はそんなシャドに笑いかけた。

「ソードがドラゴンを撃退した【救国の英雄】ならば、私がこの国を滅ぼし【世界の悪】となってやろうか。大言壮語を吐く、と思うのなら、お前だけ残して王城の人間を滅ぼして証明してやるぞ。で、私はお前にこう言うんだ。『どうだ見たか！　大言壮語じゃなかっただろう！』とな！」

しゃべってたら気分が良くなってきた！

私は大きくうなずいた。

「……うん、興が乗ってきたぞ！　言ってみろお前！　さぁ言え！　まぁ、言わなくてもいいか！　よーし、今からちょっと行って皆殺しにしてく……ぎゃー！」

アイアンクローだ‼

ソードが私の頭をわしづかみにしながら首を横に振った。

「ちょっと、お前らの組み合わせ、ダメ。劇薬、混ぜたら危険。——コイツ、拷問とか超好きなド

Sだから、陰険ドSのお前と組み合わせるととんでもない事態が引き起こるから、お願いだから帰ってくれない？　コイツ、ホンットーにやるから」

　ぎゃーぎゃー言っている私を放心して見つめていたシャドは、我に返ると咳払《せきばら》いした。

「どうやら誤解を招く発言をしてしまったようで、大変申し訳ございません。もちろん、お二人の言葉を大言壮語などとは夢にも思っておりませんので、ご容赦ください」

　ソードがようやく手を放した。ヒリヒリするー。

　私はつかまれた痕《あと》をなでながら口をとがらせた。

「……そうなのか？　別に大言壮語って思ってもいいぞ？　その方が面白いし」

「いいえ？　まったく思っておりません」

「………そうか」

　つまらないなー。

　ちょっとフラストレーションがたまってきたから、またダンジョンコア様のところに行こうかな？　あとは人型ボスに遊んでもらえばスッキリするかもー。

「インドラ、ちょっくらダンジョンに潜ってあのデーモンに遊んでもらってこい。やつなら何度滅ぼされても復活するし、痛みもないだろうから飽きるまで構ってもらえ」

　相変わらず私の頭の中を見たようにソードが言ってきた。

　否やもなく私はうなずく。

「そうだな。あるいはダンジョンコア様にお会いして、もっと凶悪なダンジョンのフロアを一緒に作ってもいいな。マグマ&ドラゴンの階層や氷雪&ドラゴンの階層よりすごい、私ですらチートしないと無理そうな、すごいヤツを作ってこようかな？」

「「…………」」

二人が黙って、怖い笑顔で私を見た。そして、ソードが目を細めて私に尋ねてきた。

「……なぁソレ、俺が行ったら死んじゃうよね？」

「大丈夫だ！　お前なら楽勝ぎゃー！」

笑顔で言い切ろうとしたら、またソードにアイアンクローされた‼

「お前！　いい加減俺への無茶ぶりをやめろよ！　俺は、普通の人間なの！　マグマに当たったら死ぬし、猛毒の沼には片足を突っ込んだだけで死ぬの！　最深部なんて、俺だけだったら絶対死んでたの！　ねぇ、わかってくれるかなぁ！」

「わ、わかった！　お前なら死なないくらいのぎゃー！」

訂正したのに、ギリギリとさらに圧がかかる。

「だから！　わかってねーだろが！」

ソードがいつになくキレた。なんでぇ⁉

シャドは怖い笑顔のまま、ソードに向けて囁《ささや》いた。

「…………ソード。私は彼女がこの上なく非常識な方だと理解出来ましたよ」

「うん。だいぶ遅かったけどわかってくれて何より。だから、参内は無理だから。妥協はソッチでしてくれ。ドラゴンよか凶悪な魔物を飼ってるようなモンだから。手なずけようなんざ無理。考えただけで滅ぼされるから」

「……そう主君に伝えます」

一礼したシャドが帰っていく。

私はやれやれと思いながらソードに尋ねた。

「お前、あのお使いの人と知り合いなのか？」

ソードはちょっと黙った後、うなずいた。

「……まーな」

んん？　歯切れが悪いな。

私は首をかしげてソードを見る。

「言いたくないのか？」

「そうじゃないんだが……ま、お前なら内緒にしてくれと言えば内緒にしてくれるか」

秘密の話？

ソードは息を吐くと昔話をしだした。

「……今の王は、ドラゴンが王都に来襲した後に即位した方なんだ。先王が魔族にやられてな。当時王弟だったアレクハイド・フーランド王は、もともと継承権は低かったけど先王があまりにも早く亡くなってしまい、継承権第一位の第一王子が成人していなかったことと、俺と一緒に戦ってドラゴンを撃退した功績もあって、王の座に就いたんだよ」

へぇ。随分と勇気がある……というか、武寄りの王なのだな。

ソードは続ける。

「……んで、このアレクハイド王ってのが一風変わっていて、少年時代から時折城を抜け出してたんだ。気さくな性格で、平民のフリをしてよく市井で遊び回ってたよ。そのときに暴漢に襲われて、たまたま通りかかった俺が助けたのがきっかけで知り合った」

「それが王女だったら麗しい話になるのだが」

思わず私がツッコんでしまったら、ソードに怒られた。

「いいんだよ！　——で、そのときはただのお忍びの貴族、って思ってた。やつも黙ってたし、俺も平民のフリをしてもらっていた方がありがたいし。王弟だとわかったのは、俺が一般に普及してない魔術を覚えたがってるのを知ったやつが【学院】っつー、専門的に学べる貴族学校に特待生で入れてくれたことと、そこで【王弟殿下】と呼ばれていたことでだ。俺に正体を知られるリスクより、恩を返すために学院に入れてくれる方を採った、義理堅いやつだ」

ディープな魔術を専門的に学ぶ貴族学校とな？　別世界で言う大学みたいな感じかな。

それはさておき、昔なじみで恩義があるからソードは『王は良い人』って言ったのか。なるほどねー。

「そのときいつも王の側についていたのが、さっきのシャドってやつだ。アイツも悪いやつじゃないんだが……王に心酔してる上、陰険なんだよ。お前が『王城を滅ぼす』とか言ったもんだから、あの王様絶対主義のドSが何を仕掛けてくるかわかんねーぞ」

ソードがへきえきしたような声を出すが、私はフン、と鼻であしらう。

「安心しろ。アヤツが何をしでかそうとも私とお前が揺らぐことなど一つもない」

「知ってる。だけど、むやみに争わないでね？」

ソードが困り果てたような声で返した。どうやらバトってほしくないらしい。

むぅ。ソードの頼みなら、なるべく聞くけどー。

「ソード、あまり無理を言うな。私の優先順位はお前とリョーク、次点で屋敷の住人とベン君一行だ。お前とリョークは全力で救うが、あとは余力があれば、くらいになる。だから、お前が縛られると私の動きが取りづらいのだ」

ソードが詰まり、しばらくしてうなずいた。

「………わかった。俺だってお前が一番だよ。だから、無理を言うつもりはない」

そこまで言うと、ソードは急に声音をガラリと変えてきた。

「でもさー。お前って、興奮するとちょっと怖いんだよ。唐突に『正気に戻れ！』って言いたくなるくらいテンションを上げてべらべらしゃべりだすだろ？　なんなの？　なんで急にスイッチ入るの？」

……うん、ちょっと自覚あるよ？

私は明後日《あさって》の方向を向いて返事した。

「……そうだな。もう少し気を落ち着けるようにしよう」

でもたぶん、無理だな！

結局、ソードは一人で王城に行った。

「ソードさん、大丈夫かなー」

「大丈夫かなー、ソードさん」

左右に揺れながら心配するリョークたち。私はしばし黙考し、つぶやいた。

「大丈夫とは思えないな」

と、いうわけで！　リョークたちに光学迷彩化して王城に侵入し、ソードに何かあったら救出してこいと命じた。

張り切って出かけていくリョークを見送りつつ、私は思案する。

……大丈夫かなー。王城なんて魔窟《まくつ》に行って、ソードが悪意を拾わないなんてことはあり得ないからね。むしろ小さい悪意を隅々まで拾いまくるね。やっぱり私がついていったほうが良かったんじゃないかな？　最悪、王城を殲滅《せんめつ》することも考えて、ここをすんなり出立出来るよう荷造りをはじめておこう。

そう思い立ったものの、あっという間に終わってしまって手《て》持《も》ち無沙汰《ぶさた》になり、またソードの心配をしてしまう。

不幸体質の上に悪意の受信に長けているソードが、無事に帰ってくるわけがない。有無を言わさずに殲滅してもいいのだが、リョークたちに任せた手前、水を差すのも悪いし私はおとなしく出迎えるか。疲れて帰って来るであろうソードのために、今日はごちそうを作って、しょうがないからお酒の飲みすぎも多めにみよう。

……あ！　良いこと思いついた！

屋台やろう！　どっか屋台を開ける場所を借りてこよう！

私も家を飛び出し商店街に出て、スパイス屋のおねーさんとか八百屋のおにーさんとか、よく買い物に行くお店の人に相談した。

「……ソードが王城に呼び出されちゃったんだ。ソードは気遣いしすぎて気疲れするタイプだから、帰ってきたらすごく疲れていると思うんだ。だからみんなでソードを労うために飲んで食べて騒いで盛り上げてあげたいんだ。どこか、騒いでも大丈夫な広いところって借りられないかなぁ？」

私が美幼女パワー全開にして頼むと、みんなソードに同情し手伝うと言ってくれた。

場所は肉屋のおにーさんが借りてくれたので、突貫工事で屋台っぽい作業場を製作。そのあと冒険者のおねーさんとかパン屋のおねーさんとかと、皆で料理を仕込んだ。

「うわー、スパイスって、こうやって使うんだ！」

「この部分、捨ててたよ！　煮込むとおいしくなるんだね！」

私が料理を作るのを見たみなさん、新発見だったらしい。

容器や串《くし》が無かったので外に出て、木を切り倒して即席で器《うつわ》を千個くらい作った。たぶん足りると思う。

そんなこんなの突貫屋台だが、要所は押さえたのでいいだろう。

「出来たぞー‼」

私がガッツポーズすると皆、拍手してくれた。

よし、あとはお疲れさまなソードが戻ってくるのを待とう。

*

陰険ドSのシャドの野郎、再訪はしなかったが手紙を送ってきやがった。

めちゃくちゃ遠回しに書いてあるが、つまりは『ソードだけでいいから王城に顔を出せ、敵対する気ならどんな手を使ってでも潰《つぶ》す、インドラには絶対言うな』だとよ。

……しょーがねぇ。別に好んで問題を起こしたいワケじゃねーし、俺だけでいいって妥協してきたし、参内するか。

俺は単身で王城へ向かった。

表向きはダンジョン踏破の報告と、報酬の一部を献上しろってことだ。それは分かっていたので、宝石類を宝箱付きで渡した。

貴族からは「少ない」だの「他にもあるはずだ」だの、お前等は何も貢献してねーのによくもまぁずうずうしく言えるよなってことをネチネチ言われたが、それも想定内だ。

こういうやつらは、どれだけ渡そうとも満足しない。

全部の報酬を差し出したとしても「これだけしか取って来られないなんて、だから冒険者は平民風情がなるものだ」とバカにするに決まっている。

——なら、貴族の一家でも潰してその宝飾類を全部奪ってきてやろうか、と考えるのは明らかにインドラの影響だよな。

アイツ、絶対言いそう。つーかやりそう。

俺がそんなことを考えながらひざをついていると、王が片手を挙げた。それで、ぶつくさ言っていた貴族たちが静まっていく。

……即位してすぐの頃、アレクハイド王は貴族たちになめられていたが、シャドの手腕と自身の武力で反対派を陥れ、全て潰し、ねじ伏せ黙らせた。現在は、いくらアレクハイド王に不満があろうとも貴族たちは表面に出さない。

「献上品はありがたく受け取るとしよう。ダンジョン踏破、大義であった。皆はこれで退席しろ」

王の言葉に貴族たちはざわついたが、シャドが反論を抑えるように指示を出した。

「陛下の命だ。皆、退室せよ。――騎士団長、誘導を行ってください」

「――了解」

騎士団長が短く返事をし、貴族たちを促していく。

退出しつつこちらに視線を送る貴族たちから、悪意の波動を浴びる。

『成り上がり者』って思われてるね。なんなら俺を殺して財宝を奪ってやりたいとも思われてるね。

……あー、早く帰って酒が飲みたい。

ちょっとイラッときたのでつい視線を上げると、こっちを見ていた貴族たちが慌てて視線をそらした。そして、わざとらしいほどにそそくさと出ていく。

全員が退出し終わると、王が声をかけてきた。

「英雄【迅雷白牙】よ、もう少し話を聞かせてくれ。……シャド、個室を設けよ」

「…………かしこまりました」

ものっすげー渋った声でシャドが返事をした。

シャドは俺を王に近づけたくねーんだろうな。——昔ッから俺を警戒していた。つーか、やつが警戒してないのは王のみだけどよ。

でもって、インドラとやりあってから、完全に俺を敵とみなしたね。

俺は思わずため息をついた。

そんな俺を王がチラ、と見た後、シャドを見た。

「シャド、言うことがあっただろう?」

「…………ですが」

王に何かを催促したのに対し、珍しくシャドが言いよどんだ。

王はさらに促す。

「英雄を敵に回してなんの得がある。そもそもが、今私が生きてこの地位にいるのはどうしてだかを忘れたのか、シャド」

そこまで言われて、シャドはぐずぐずしながらも返事をした。

「…………はい。英雄【迅雷白牙】様、先日は大変な非礼をいたしましておわびの言葉もございません。お怒りはごもっともでしょうが、どうぞ曲げて寛恕《かんじょ》をお願い申し上げます」

言い終わると、俺に向かって表情が見えないほどに深く頭を下げる。

むしろコレって嫌みだよな。

俺はまたため息をつき、シャドに頭を下げて白々しく述べた。

「いえ、こちらも相棒が失礼いたしました。相棒は……そっとしておいてください。手を出さなければ、自分からは何もしません。あえてドラゴンを呼び寄せるような真似をなさらぬよう、こちらからもお願い申し上げます」

……ホント、勘弁してよ。アイツは、シャドみたいな陰険ドS野郎をいたぶるの、超好きだから。

結局、俺は断り切れずにそのまま談話室に案内されることになった。

王は人払いをかけるが、騎士団長が護衛すると言い張る。騎士団長のやつは、わかりやすく俺を嫌っているね。あからさまに俺を見下すような態度だわ。

「英雄に対し、失礼だろう」

王が重ねて退出を命じるのに、騎士団長は俺をにらみつつ言葉だけ王の身を気遣う。

「ですが、陛下の御身が心配です。その平民が非礼を行わないよう監視をしなくては」

「騎士団長。陛下の言葉に異論を唱えるなど、越権行為も甚だしいですよ。言われたとおりになさい。そもそも貴方《あなた》では【迅雷白牙】に敵《かな》いませんから護衛になりませんよ。単なる邪魔者です」

シャドのドSがさく裂した。

騎士団長は顔が真っ赤になり、俺とシャドをにらみつけた。

もう俺、帰ろうかなと思ったら、王がジロリと二人を見た。

「二人とも控えよ。私は【迅雷白牙】に話がある。シャド以外の者は外すように。……これ以上、私に同じことを言わせるな」

シャドは無言で頭を下げ、騎士団長は「扉の外に控えておりますので、お呼びくだされればすぐに参上しその平民を捕縛いたします」と怒りに震えつつのたまい、俺をにらみながら出て行った。

椅子に座るように促され、全員が着席すると王がニヤリと笑った。

「やれやれ。お前と話すのに、これだけの手間がかかったよ」

アレクハイド・フーランド王改めアレクが、ガラリと口調を変えてきた。

俺は精神的に疲れて椅子に伸びる。

「勘弁してくれよ……。俺からは話すことなんてないし、話したくない」

王に対して無礼な態度だけど、それを理由にここから追い出してくれてかまわないぜ。

俺の無礼さなんてまるで気にせず、アレクは楽しげに話しかけてきた。

「そう言うな。お前だけ冒険者を楽しんでるんだからな。冒険者に飽きたら、私の側近にならないか？　近衛団を作って団長にしてやるぞ」

オイオイ、シャドが怒り出しそうなことを言わないでくれよ。案の定、アレクの発言にシャドが片眉《かたまゆ》を上げたじゃねーか。

俺は大きく首を横に振る。

「お断りだ。ようやく相棒を見つけてパーティを組んだんだ。近衛団の団長よか良い暮らしをしてるのに、なんで格を落とす必要があるんだよ？」

とたんにシャドが、わざとらしく咳払《せきばら》いした。

王がそんなシャドを見ていぶかしむ。

「シャド、そう突っかかるな。……お前、ソードのところから帰ってきてから変だぞ？」

俺は肩をすくめてアレクに教えた。

「俺の相棒とやりあって、負けたからだろ」

「負けてない。子どもと喧嘩《けんか》するほど幼稚じゃないだけだ」

シャドが珍しく、感情をあらわにした声を出した。コイツがアレク以外のことでこんな反応をするなんて、今までなかったぜ。

俺はシャドの反応にちょっと驚きながら言った。

「ホント、お前とインドラって出会っちゃいけない二人だったな。とばっちりでアレクが王城もろとも消されるとこだったんだぞ？　ちょっとは反省しろよ」

「は？」

俺の言葉にアレクがポカンとしたので補足する。

「俺の相棒、煽《あお》り魔なの。しかも傲慢《ごうまん》が服を着たドＳ。その傲慢ドＳちゃんに、陰険ドＳのシャド君が言っちゃいけないことを言って、煽りスキルＭＡＸの相棒にコテンパンに言い負かされたんだよ。そのせいで俺が一人でここに来ることになったワケ……」

俺は再び椅子で伸びて、アレクは感心してあごをなでた。

「ほぉ。舌戦でシャドに勝つか。それはすごい」

「だから、負けてません」

ムキになるシャドを俺はなだめる。

「でも、勝とうとしないでね？　そんなことしたらアイツ、本気で王城を殲滅《せんめつ》にかかるから。俺だって知り合い殺されたくないし。俺がどっちに味方するって、当然インドラに決まってるから。絶対に敵対しないでね？」

すると、シャドが不気味な笑みを浮かべて俺を見た。

「もちろん、私も全力で潰しますよ？」

とか言い出したよ。うーわ。わかってねー。

俺は大きくため息をつく。

「その前にお前が潰されるから、物理的に。……子どものくせに俺の相棒になるほどのアイツを、そこらの冒険者と同じと思うなよ。そもそもアイツは物理じゃ潰せねぇ。大岩どころかマグマが当たったって死なない人間だから。猛毒の沼はおろか、アイスドラゴンのブレスが直撃しても凍りつかずに身体《からだ》をブルブルっと揺さぶるだけで終わりだから。ピンピンしてるから」

アレクとシャドが絶句した。アレクが恐る恐る俺に尋ねる。

「……インドラ・スプリンコートは、サマーソル公爵の第一令嬢とスプリンコート伯爵との間に出来た令嬢だと聞いたが？」

俺もアレクに尋ねた。

「その二人、実は人間じゃないとか聞いてない？　あるいは一族に変異種がいたとか」

ま、アイツが人間離れしているのは別世界とやらの知識があるせいなんだろうけどな。元のインドラって人間を知らねーから比べようもないんだが、別世界の記憶がインドラに入り込んだことで、人間としてかなり変質しちまっている気がする。だからこそ、フツーじゃ考えられねぇほどの魔素を自身にまとわりつかせているんじゃねーのか？

　そんでも念のために聞いたら、案の定シャドは首を横に振った。アレクも首を横に振り、残念そうに言う。

「……その、麗しのインドラ・スプリンコートから直接尋ねたい話があったのだ。あと、時は既に遅いのだがお前に忠告がある。……と、その前に」

　アレクが指を鳴らすと、シャドが飲み物の用意をし始める。

「あ、待った。俺、持参してる」

　俺の言葉を聞いたアレクが瞬《まばた》いた。

「なんだその持参とは。お前、酒が唯一の娯楽だと言っていただろうが。お前のために王都至極の逸品を用意させたんだぞ」

「だから、気に入っている酒をいつも持参しているの」

　シャドは俺の言葉に思い当たる節があったようで尋ねてきた。

「……そういえばソード、貴方が酒蔵を経営し始めたという噂を聞きましたよ？」

　さすが、王の耳。知っていたか。

　俺はうなずいた。

「そう。俺、今酒造のオーナーをやってんだ。ちなみに拠点ではレストラン……会員制で富豪の平民相手に高級レストランも経営してる。だから、味にはうるさいんだよ」

「じゃあ、そっちをよこせ」

って、アレクが手を差し出したけど無理だろ。シャドが警戒して嫌な顔をしてるじゃんか。

「王なんだから、一応毒を警戒しろよ」

俺が眉根《まゆね》を寄せて苦言を呈すと、アレクが反論した。

「お前が私に毒を盛ってどうするんだ。第一、あの【迅雷白牙】なら、殺そうと思えば今この瞬間にだって私を殺せるだろうが。警戒するだけ無駄だ」

それはそうなんだけど。俺はシャドを見て肩をすくめた。

「シャドの許可が出たらな」

「シャド！」

アレクは間髪を容れずシャドに吠《ほ》えると、シャドが諦《あきら》めたように肩を落としてうなだれた。

「……わかりましたよ。確かにソードが陛下に毒を盛る必要はないでしょうね」

シャドの許可が出たところで俺は、定期的に冷却魔術をかけているマジックバッグから酒瓶を取り出した。

「じゃあ、何飲む？　ツマミいる？」

ずらっと並べると、二人がドン引きした。

「……お前、いっくら酒好きでもこれはありすぎだろう。なんでそんなに持っているんだ？」

アレクの呆れたような問いに俺は答える。

「全部が手放せないの。うますぎて。……そんじゃ、最初はワインにしておくか」

手渡したワインをシャドが開封し、少量をグラスに注ぐ。

「ほう」

シャドが匂いを嗅《か》ぎ、思わず声を洩《も》らす。アレクが生唾《なまつば》を飲み込んでるぜ。

俺は笑った。

「匂いからしてまず違うだろ？　本物のワインってそういう複雑な匂いみたいだぜ。しかも、それは『イマイチ』な出来らしい。今は、そもそもの原料……葡萄《ぶどう》を育てるところから始めてるよ」

解説すると、シャドは興味深そうに感心し、アレクは焦ったように促す。

「シャド、早く毒見してこっちに回せ！」

もったいつけるシャド。アレクが飲みたがっているのを知ってて、わざと焦らしてるんだよな。

ホント、コイツってインドラに匹敵するドSだぜ。

「…………これで、イマイチ、ですか」

口に含んだシャドが、目を閉じて、じっくりと味わう。

「シャド！」

アレクがもうブチキレそう。

ようやくシャドがグラスに注ぎ、乾杯する。

俺は飲み干すと満足の息を吐いた。

「……うん、やっぱうまいな。あんまり冷えてない方が香りが立つか？」

「冷えてますよね？」

シャドがツッコんできたので、説明する。

「もうちょい冷やしてもいいんだよ。その場合、飲みやすくはなるんだけど香りが立たないんだよなぁ。ちなみに酒って、暗くて冷えてるところに置いておかないと酸っぱくなるらしいぜ」

「ほう。さすが、酒造のオーナーだけあって詳しいですね」

シャドが俺に注意を向けている隙に、アレクはワインを継ぎ足し毒見の済んでいないツマミも食い始めた。

「……ちょっと！　目を離した隙に！」

シャドがようやく気がついて注意するが、アレクは悪びれずに言った。

「もういいだろ、私も疲れたし、この酒、悔しいがうまい。……くそう、やっぱり冒険者は羨《うらや》ましい。私は王になったのに、こんなにうまい酒すら飲めないんだぞ？」

「わかりました、ソードに献上させますから」

シャドがとんでもないこと言い始めたぜ。

俺は眉根を寄せてシャドをにらむ。

「ちょっとやめてよ。俺から酒を奪わないでよ」

「酒造のオーナーなら融通利くでしょう？　なにも酒造ごと奪うのではないのですから、献上なさい。王の献上品となれば、評判も上がりますよ」

シャドの言葉に俺はすぐ反論した。

「評判なんざいらねーよ。すでに、評判がなくても金貨を積まないと買えないシロモノになってるからな。これ以上評判が上がったら盗賊対策がより大変になるだろうが」

俺とシャドが献上するしないで言い争っているってのに、アレクは我関せずにツマミを食い続ける。

「このツマミ、うまいな。これはどこで手に入れた？」

「うん？　作ってもらったの、インドラに」

俺の回答にシャドがピキ、と固まった。慌ててアレクの腕をつかむ。

「いけません、陛下！　毒が入ってます！」

何を言い出してんだよ、シャド。

俺は軽く手を横に振る。

「入ってないから。ちなみに、酒を造ってるのもインドラだから。俺は金を出しただけー」

シャドがまた、ピキ、と固まった。

アレクが感心して顎《あご》をなでる。

「ほー！　インドラ・スプリンコートは貴族の出なのに随分と多才な少女のようだな」

「多才すぎてアイツが出来ないことを探す方が大変だよ。今日着てる服だってアイツに作ってもらったものだしさ。もうホント……そんなやつに喧嘩売ったシャドをどうしてくれようかと……」

アイツが本気でドSモードになったらヤバいなんてもんじゃない。すごい拷問されるよ？　死んじゃうよ？

シャドはやけっぱちになったように怒鳴った。

「だからあの場で謝罪しましたでしょう⁉　その前に、喧嘩を売ったつもりはございませんけどね！」

「とにかく、これ以上敵対しないでくれ。アイツは幼少の頃から虐待《ぎゃくたい》まがいに育てられてきて、かなり病んでるんだ。おびえる魔物には優しく出来るくせに、刃向かう人間には喜色を浮かべて拷問するやつだ。お前だって、特級回復薬を飲めば元通りになるからって、皮膚をはぎ取られるのは嫌だろ？」

　その言葉を聞いて、シャドだけじゃなくアレクもワイングラスを手にしたまま固まった。

　俺はそんな二人に噛《か》んで含《ふく》めるように言う。

「アイツが病んだ責任は親にある。片方の親はもう死んでるらしいけど」

　それでアレクは合点がいったようにうなずいて話し始めた。

「そうだ。あそこの婚姻は、最悪だったらしいな。——そもそも現スプリンコート伯爵と言えば、稀代《きたい》の女好き女たらしで有名だったそうだし、公爵家令嬢との婚姻も相当もめたらしい。だがスプリンコート伯爵は私の即位に中立派だったし、今も忠誠を誓っているから私からは口出し出来ないのだ」

　アレクの説明に、俺は肩をすくめた。

「今更いいだろ。スプリンコート伯爵のところにいるよか俺と一緒の方が段違いにいい暮らしが出来てるみたいだし」

ふと、さっきの話題で思い出したので、マジックバッグから瓶を取り出しテーブルに載せて言った。

「酒の代わりにコレを献上するから、酒は勘弁して」

まぶしいくらいに輝いている液体が詰まった瓶を見て、二人が息を呑む。

「これは……特級回復薬か？　にしてもずいぶんとすさまじい輝きだな」

アレクの言葉に俺はうなずく。

「インドラ謹製特級回復薬。どんなケガでも部位欠損でも、生きてりゃこれ一本で再生するってよ。ただ、筋肉までイッてるとリハビリが必要になるらしいぜ。けど、再生するならいいだろ？」

二人は絶句して、俺と瓶とを見比べた。

しばらくして、シャドが言葉に詰まりながら聞いた。

「…………インドラ・スプリンコートは、特級回復薬の製作も出来る？　と？」

俺は両手を軽く広げて答える。

「だから、アイツが出来ないことを探す方が難しいんだよ。……あ、けど、俺が戦うとき『見えなくても聞こえなくてもなんとなく敵が分かる』のとかは無理っつってたな。でもアイツ、肉眼視以外のものも見える魔術が使えるから、結局同じなんだけど」

そういえば、手加減と許すことと言いなりになることは出来ないって……うん、そのことは忘れよう。

シャドが息を吐き、自嘲《じちょう》するかのように結論づけた。

「………左様でございますか。では、貴方《あなた》と彼女が組んだらほぼ不可能なことはない、ということですね。――確かに、敵対は良い選択ではありませんね」

ようやくわかってくれた？　だからシャド、アイツを煽《あお》らないでね。

今度はアレクが俺に尋ねてくる。

「インドラ・スプリンコートが、大魔術師であり大魔導師であるというのは本当か？　いや、特級回復薬を独学で製作出来るのならば、大魔導師であるのは確実だが」

俺は説明に困って頭をかいた。

「うーん……俺たちの使う魔術とアイツの使う魔術は根本が違うんだよ。普通、自分の魔力を使って魔術を繰り出すのにアイツは使わないんだ。だから魔力切れを起こさず延々魔術を繰り出せる」

シャドの手が止まり、俺を凝視した。それがどんなにヤバいことなのかわかったらしい。

「あと、アイツは自分が理解している理論で魔術を繰り出すんだ。だから詠唱しない。……典型的な例は、普通、雷魔術や氷魔術ってのは自身から繰り出すだろう？　アイツは、天から降らせるんだよ」

シャドの顔色が完全になくなり、アレクが目を見開いた。

「――もしやインドラ・スプリンコートは、神が降臨した者なのか？」

俺は首を横に振り、その言葉を否定した。

「いや違う。アイツいわく、それが成るには理論がある。その理論でアイツは魔術を繰り出す。アイツを理解出来るとしたら、王都のダンジョンコア様だろうな。最深部でボスを倒したあと招かれてよ。アイツが使った魔術を教えてくれって言ってきて、見せた途端に再現してみせたからな。シャド、最深部でアイツが使った魔術を見たら、お前だってあんなこと言わなかっただろうぜ。——まさしく神のような神々しさだった。……しゃべらなければな‼」

本当に、しゃべらなければ‼

最後だけ吐き捨てた俺に、アレクが冷やかすような表情を浮かべた。

「それはそれは。……ところでソード、インドラ・スプリンコート嬢とはいつ結婚するんだ？」

「「は？」」

俺はシャドと同時に声を発し、顔を見合わせた。

アレクがいぶかしむ。

「なんだその反応は。スプリンコート伯爵は女たらしなだけあってかなり整った顔立ちだし、女好きの伯爵が結婚したのだから、夫人もさぞや美しかったのだろう。お前も見た目が変わらな……というか、前より若返ってないか？　お前の見た目なら年齢差を感じさせないだろうし、お前も気があるからそれほどにかばい、もてはやしているんだろう？　お前が心を揺らすほどなのだから、さぞかし可憐《かれん》な令嬢なんだろうな」

楽しそうに言うアレクに、俺とシャドはそろって手を横に振った。

「……シャド、お前、アイツが可憐な令嬢に見えたか？」

「いいえ。正直、令嬢だと聞いていなかったら到底思えませんでした。聞いていても見えませんしね。ましてや『可憐』という言葉はどこにも見当たりませんでした」

シャドの冷然とした言葉にアレクは鼻白み、咳払《せきばら》いした。

「……まぁ、いい。だけどお前はモテるのだし、才能あふれる令嬢を泣かせる真似だけはするなよ」

「そんなことじゃアイツは泣かねーよ。つーか、貴族基準で測るなよ。貴族なら子ども相手でも年の差があっても婚姻対象になるんだろうが、平民は無理だから。そもそもアイツも俺も独身主義だ。アイツの思い描く余生は、自分が作ったゴーレムに囲まれて楽しく過ごすことらしいぜ？　人じゃなくてゴーレムに囲まれて、っていうのがアイツらしくて泣かせるよな」

俺がなげやりに言うと、シャドが絶望的な声を出した。

「…………ゴーレムまで作れるのですか」

敵対しても勝てないって、ようやく思い知ったかよ。

アレクが興味津々に身を乗り出して聞いてきた。

「噂の、蜘蛛《くも》型ゴーレムと芋虫型ゴーレムか？」

「そう。アイツって虫が好きだから。でも、変わった形はアレだけだな。馬の代わりにって作ったゴーレムは、すっげーかっけーぜ！　あ、あとこれもだな」

俺はリストバンド型時計を見せた。

「時計の機能もあるリストバンド！　これはなんと！　インドラやリョーク……あ、ゴーレムの名前な、連中と離れてても会話出来るんだぜ！　さらに！　読み込んだマップも表示出来る！　ほーら！」

押したとたんに王城の詳細なマップが浮かび上がった。なんでだよ⁉

俺は慌てて消してすっとぼけた。

「……ま、あとは生体情報が出るってよ。危険になったらお知らせしてくれるってさ」

俺はごまかすために早口でしゃべったけど、シャドは目を細めて俺をにらんだ。

「……ソード？　今、王城のマップが出ませんでした？」

「気のせいだ。……と、まぁ、いろんな玩具《おもちゃ》を作ってるな」

「玩具か」

アレクが羨ましそうにリストバンドを見つめた。

俺は得意げに、さらに自慢する。

「一番のお気に入りは、ブロンコって名前をつけた二輪駆動ゴーレムだな！　……っつったらリョークが気を悪くするかもしれねーけど、アレはもうゴーレムじゃねぇ、俺の仲間の一人だ」

リョークに聞かれてそうなんで弁解を入れといた。……つーか、あいつら絶対どっかにいるだろ。

王城のマップが出る、っつーことは、ここにリョークがいてマップを作った、ってことだからよ。

「その、天才令嬢インドラ・スプリンコートに、見てもらいたいものがあったんだがな……」

アレクがため息をついたと思ったら急に姿勢を正したので、俺はいぶかしむ。

「なんだよ急に」

「勇者が召喚された」

アレクの言った言葉が理解出来なかった。

勇者が？　召喚？　ドユコト？

「……実はな、【勇者】というのは、王城内の神殿にある古《いにしえ》の魔法陣から定期的に召喚されてきているのだ。表向きは魔王に対抗するため勇者を選出し、魔王国からの脅威に対抗していると布告しているのだが、選出どころか魔法陣が勝手にどこかから召喚してきているのが実際のところなのだ。もちろん、我らは召喚したくてしているわけではない。むしろ止《と》めたいのだ。その止め方を長年研究しているのだが……結果はかんばしくなく、ついに先日、またも召喚の儀式を執り行わざるをえなかった」

　アレクが苦々しく説明する。

「勇者の召喚魔術が発動する前兆として、魔法陣が光り輝いてくる。あたかも魔力が満ちてきたかのようにな。魔法陣の輝きが満ち、浮かび上がると『召喚しなくてはならない』。そのまま放っておけば、魔法陣が暴走して、王都が吹き飛ぶ」

　マジかよ。俺は驚きのあまりアレクを凝視してしまった。

　アレクは再びため息を吐くと、さらに続ける。

「なので、仕方なく召喚しているのだ。代々勇者は早くても十数年以上おいてから召喚されていたようなのだが、なぜか今回は異常に早かった。……召喚される側に条件があるのかどうかは謎のまま。勇者にそれとなく聞いたところ、あちらも強制的に召喚され、何が何やらさっぱりわからないらしい。いっそ遷都したのち魔法陣を暴走させようかとも思ったのだが、あれは古の魔法陣だ。解析が済むまでうかつなことは出来ない」

　アレクによると、文献はかなり汚れていて、かろうじて『魔王を倒す者を呼び出し』の一部分だけ読み取れたそうだが、なぜ勇者が魔王を倒さねばならないのかもわからないし、魔法陣を止める術《すべ》もわからない。もう一つ読み取れた部分には、『その理《ことわり》を覆すと滅びる』と、書かれていたそうだ。

だから、強制召喚される勇者には気の毒だけれど続けるしかない。止められないから。

魔王が勇者に倒された実績もなく、そのことによって魔王自身が王都を襲うこともなく、やめられないからただ代々続いてきたそうだ。

「……そういうことかよ。だけど、保守的なお前らなら、別に止める必要はないんじゃねーの？　解析は解析でやらせるんだろうが、王城を爆破されたり遷都したりする手間よか、勇者を召喚して魔王を倒しに行けって命令するほうが楽だろうが」

俺の指摘にシャドが片眉《かたまゆ》を跳ね上げて咳払いするが、アレクは苦笑した。

「確かに、召喚される者がお前のようなほどほどの人格者で、力におごらず誇らず、弱き者を助ける義きょう心を持ち合わせている人間ならば、解析などせずに古の儀式にのっとり勇者を召喚し続けるだろうな。……だが、現実の勇者は……」

アレクが何度目かのため息をついた。気持ちは分かるけどな。

聞くところによると、歴代【勇者】と呼ばれる人間は、問題児が多いらしい。俺は先代の勇者に出くわしたことがあるが、二度と関わりたくない！　って思わせるやつだった。

てっきり勇者に選ばれて図に乗っているのかと思っていたけど、そもそもこの世界の人間じゃなかったのか。

アレクが首を横に振りながら嘆いた。

「今回召喚された勇者は特にひどすぎる。しばらく王城で訓練させていたが、問題を山のように起こし、早々に出立させた。……供の者は、ほぼ贄《にえ》と同義語だ。事情を抱える者に、多額の報償を支払うことと引き換えに勇者についていってもらったのだ。次はいつ召喚されるかわからないが、あんな者を頻繁《ひんぱん》に召喚したくはないし、優遇措置などとりたくないのが本音だ」

うわー、重い話をしてるぜ。

俺は若干ウンザリしながらアレクに聞いた。

「で？　その、ろくでもない勇者生産魔法陣を止めたいから、インドラを貸せ、ってことか？」

「神が起こすような魔術を使える者になら、良い方法が分かるかもしれないだろう？」

確かに、アイツなら分かりそうだけどな。だけど……。

俺はため息をついてうつむいた。

「……それなら、最初からそう頼めば良かったんだよ」

アレクとシャドが言葉を発しようとしたが、俺は二人を制して続けた。

「確かに、王命でここに呼びつけて『やれ』って命令すりゃ、普通なら拝命するだろうさ。――だけど、考えてみろよ。『神』に等しい魔術を使える相手に、たかが人間が同列以下に扱って従うと思うか？　それは、神を従わせるのに等しいと思わないか？」

俺の言葉に、二人は硬直する。

……俺が頼めばインドラは引き受けるだろう。アイツは優しいやつだから。だから俺は頼まない。

アレクとしては、気楽に頼むつもりだったんだろうな。昔のよしみで、国のためになるんだから、ってな感じで。シャドははなからそんなつもりはなく、王の側近としての立場で俺とインドラを従わせようとした。

　どっちも不正解だ。本気で頼むつもりなら、中途半端に俺を使わずに、ちゃんと頼んでこいよ。俺も、昔なじみから本気で頼まれたのなら一考の余地があったさ。

「もう一度言う。俺は、インドラの味方だ。だから、俺を使っても無駄だ。俺はアイツの足かせになるつもりはない。どうしてもってんなら、魔法陣ぶっ壊して王都も何もかも吹っ飛ばしてアイツとこの国をオサラバするさ。俺の一番は、アイツだ」

　それだけ言うと俺は席を立って別れの挨拶《あいさつ》をした。

「じゃーな。もう呼ぶな。お前らの事情はお前らでどうにかしろよ。俺は自由な冒険者、お前たちは『王城』という魔窟《まくつ》に棲《す》むボスとその側近だ。お互い昔とは立場が違うだろ。勇者の情報はありがたく受け取っておく。……出会ったら最悪殺すことになるかもしれないとは宣言しとくよ。情報の謝礼は今日のその酒だ」

　俺を見上げる二人は、何とも言えない表情をしていた。アレクは、出会った頃と変わってしまった自分と俺との関係を、シャドは、昔と変わってしまった俺の性格を、それぞれ瞳《ひとみ》に宿して俺を見つめる。

　俺も見つめ返した。――俺たちは、市井で遊んでいたあの頃とは違うだろ。

　俺は【迅雷白牙】と呼ばれ、そして今は【オールラウンダーズ】というパーティ名の冒険者で、お前らはこの国の王と側近だろ。もう、俺たちの間にはどうにもなんねー距離があるんだよ。

だけど俺は何も言わず、踵《きびす》を返して扉を開ける。

途端に、目の前に騎士団長が立ちはだかった。俺をねめつけるように至近距離で凄《すご》む。

「話は終わったので、退出する」

俺の言葉を無視した騎士団長は、にらみつけたまま動かない。——俺に嫌がらせしてんだろうが、俺もアレクとシャドとのやりとりで機嫌がよくねーんだよ。

俺はニッコリ笑うと手を動かす。

軽く振っただけで、騎士団長はよろけて転がった。

「残念だけどな、お前程度じゃ脅威にもならねぇし、邪魔にもならねーよ。俺に嫌がらせしてーんなら、もっと精進しな」

あしらうかのように手のひらを上下に振って歩き出すと、顔を真っ赤にした騎士団長が「出合え！」と号令を掛けてきやがった。

俺は振り返り、騎士団長をにらんだ。

「よくもまぁ、勝手に呼んでおいて犯罪者扱いするよな？　だから王城なんて来たくなかったのによ……。つーか、インドラ呼ばなくてホント正解だぜ。アイツだったら、喜び勇んでお前らの生皮を剥《は》ぎにかかるだろうよ」

俺が舌打ちし、身構えたとたん「騎士団長、控えよ！」と現れたアレクが命じた。

油断せずに出方を待つと、団員たちは王命に逆らえずひざをついたが、騎士団長は剣の柄に手をかけたまま叫んだ。

「この平民は私に刃向かいました！　陛下の権威に傷をつける所業です！　捕縛の命令を！」

アレクもシャドもその言い草に若干呆《あき》れた顔をしたが、アレクは騎士団長に問う。

「騎士団長、余の命は『控えよ』である。それが聞けぬのか？」

「ですが、コヤツは平民のくせに……」

堂々巡りだな。

さてどうするか、と考えていたらリョークの気配を感じ、あ、やべぇなって思う間もなく壁が吹っ飛んだ。

俺は「やっちまったか」と額を手で打ったが、ま、しょーがねぇ。すぐに手を下ろし、開いた穴からノコノコって感じで現れたリョークに歩み寄る。

すると、リョークが首をかしげるみたいに機体を傾けて聞いてきた。

「ソードさん、緊急事態？」

「お前がやらかしたおかげでな。ハァ……ま、いっか。んじゃ、帰ろうぜ」

「「あいさー！」」

俺はリョークに飛び乗る。二体とも来てるじゃんかよオイ。インドラが見張らせてたな？

「じゃーな！　王城をこれ以上壊されたくなかったら、もう呼ぶなよ！」

俺は手を振り、唖然としてる連中に笑って挨拶すると、リョークと外に出た。

リョークは手から蜘蛛の糸みたいな縄を出して壁やら屋根やらをぴょんぴょん跳ぶ。

俺は楽しくて思わず叫んだ。

「はは！　すっげーな！」

「ブロンコよりすごいー？」

すかさず返してきたリョークに、俺は首をすくめてから恐る恐る聞いた。

「……あ、やっぱ、聞いてた？」

「聞いてましたよ！　ソードさん、ヒドイー！」

「僕たちよりブロンコを選ぶなんてー！」

ヒドイヒドイと連呼された。うん、コイツらってもう、生き物。決定。


リョークは俺を、フェスタみたいに盛り上がってる広場に連れてきた。

なんでここに？　って思いつつ辺りを見回す。

「お、戻ってきたぞ！」

誰かが声をかけてきたけど、戻ってきたってどういうことだよ。

って考えてたら人垣が割れ、インドラが現れて俺を出迎えた。

「おぉソード、大丈夫だったか？　……でもないな。リョークに乗ってきたということは、何かしらトラブルに見舞われたんだろう？」

うーわ、鋭いね。

インドラが頑張ったリョークを交互になでる。リョークは甘えるようにインドラに報告した。

「ソードさん、緊急事態」

「お前が壁を吹っ飛ばしたせいでな。……ま、連中のアホ面が拝めたし、俺を犯罪者扱いしやがった騎士団の連中は王城の壁が壊されたことをコッテリ絞られるだろーからいいけどよ。……って、それはともかく何この騒ぎ？」

俺はリョークにツッコんだあとインドラに尋ねて、周りを見渡した。

かなりの人数が集まっている。

食い物のいい匂いがするし、上等そうな木のカップに注がれたエールを飲んでいるやつや、きれいな木の皿に盛られたうまそうな料理を食べてるやつもいる。

屋根のないパブのような雰囲気だ。

しかも、珍しく誰からも悪意を感じねーな。いったいコレってなんなんだ？

インドラが俺に説明する。

「お前が王城で悪鬼のような貴族の連中から悪意と嫌みを浴び続け、神経をすり減らせて戻ってくると想像が出来てな、皆で慰労《いろう》してやろうと、屋台を作ったのだ！」

インドラが言い終わると、皆がワーッと盛り上がる。……ちょっと皆さん、俺関係なくもう出来上がっていません？

「お前はいい子にし過ぎなんだ。黙って聞いてやる理由なんてどこにもないんだぞ？　ほら、皆も言ってやれ！」

インドラが俺に説教すると、周りの連中が俺を取り囲んだ。

「まぁまぁ、【迅雷……じゃなかったか、ソードさんよ、飲みましょーや」

「王城なんて大変なトコ、よく行ってきたねぇ、ホラ、これも食べな」

そんなことを言いながらアレコレ手渡してきた。

……取り囲む皆の笑顔をぼうっと眺めていたら、思わず笑いが込み上げてきた。

「はは！」

……ホンット、俺の相棒は、バカで陽気で……優しいやつだ。

「よーし！　堅ッ苦しいトコに呼ばれて疲れてヘトヘト、嫌みもいっぱい言われた！　呼ばれて行ったのに、犯罪者扱いもされたぞチキショー！　全部、飲んで忘れてやるからな‼」

「「カンパーイ‼」」

大声で怒鳴り愚痴り、みんなで乾杯した。

＊

リョークから、ソードが王城で散々嫌みを言われ、その後王様に呼ばれて個室で親しげに話して、なにがしかを頼まれたが私をかばう形で席を立ち、去ろうとしたら騎士団と衝突、それを見たリョークが救出して戻ってきた、という報告を受けた。

私はリョークをナデナデする。

「いい子だなー、よくやったぞ？」

「「わーい、褒められたー」」

喜ぶリョーク。超かわいい。鼻血出そう。

皆もリョークをかわいいと思うようで、ひっきりなしに話し掛けている。以前の機械的な硬い発音がなくなりラブリーな話し方になったので、より皆のウケが良い。

屋台で私は主に会計を、手伝いの人たちが接客を主に行ってくれている。手伝いの人たちに給金を出さねば、と言ったら、食べて飲みながらやるからそれが給金代わりでいいそうだ。

そういうの、好き！

アレだね、文化祭とか、地方の小さい商店街のお祭りっぽいよね。

混雑が一段落つき、私が息を吐いて肩を回していると、今日の主賓が絡んできたよ。

「よー！　インドラ、飲んでるかー⁉」

……何？　ソードったら酔っ払ってるの？　いつになく陽気じゃないか。

「飲むわけないだろう。二十歳前の飲酒は、発育に影響する」

って真顔で言ったら、真顔になったソードが私の胸を見て、顔を見て、

「無理じゃね？」

ってぽろりと洩《も》らしたぞ‼

「お前ぇええ⁉　何が無理なのか言ってみろぉおお‼」

私はソードの胸倉をつかんで思い切り揺さぶった。

「謝る、謝るから。吐いちゃう」

ピタリ。ソードの言葉を聞いてやめた。

手を放すとソードはフラフラしながらつぶやく。

「あー、軽い味わいだからガンガン飲めちゃう」

「……まぁ、今日くらいは飲みすぎてもいいけどな。薬も飲んでおけよ？」

「わかってるって」

ソードは手を振るとフラフラしながら行ってしまった。……大丈夫かな？

宴もたけなわ、途中でリョークが歌い出したので私は伴奏した。すっごい盛り上がったよ。

「ソードも歌え！」

と言ったら酔っ払ったソードも歌い出し、さらに大盛り上がり。

――そうしてソードも皆も楽しく飲んで歌い、夕方になり暗くなってきたのでお開きにした。

王都とはいえ夜道は暗いからね。王都の治安の度合いもわからないし。

ゴミは一箇所にまとめ、ゴミを片すお仕事の人に頼む。

お手伝いの人たちは、楽しかった！　そして勉強になった！　と去っていった。

残り物はお土産《みやげ》に持って帰ってもらったし、屋台も解体したし、私たちも帰るか。

「お疲れさん」

声をかけられ振り返ったら、真後ろにソードが立っていた。

「お。……酔っ払っていたな。水を飲んだ方がいいぞ？」

私が心配して言うと、ソードがうなずく。

「さっき、薬と一緒に飲んだ」

そう言うと、ソードが笑顔で私の頭をナデナデしてきた。

「ありがとな？」

そして唐突に礼を言ってくる。

私は一瞬詰まったが、なんとか返した。

「…………これくらいは、当たり前だ」

「そうか」

「…………お前は、楽しかったか？」

「うん」

そっか。それなら良かった。


笑顔のソードと手をつないで屋敷に戻ったら、借りた家が破壊されていた。

九章

………え？　何が起こったの？　どうしてこうなった。

さすがの私も驚いて立ち尽くした。

しばらくしてようやく復活し、ソードに尋ねる。

「被害はない……これを弁償しろと言われない限りはないが、どうする？」

私に続いて復帰し、ついでに酔いの醒《さ》めたソードが頭をかいた。

「とりあえず、役人に報告だな。誰がやったかによって対応が変わる」

ソードと詰め所に向かおうとすると遠くから声が聞こえた。二人でそちらを見ると、呼ぶまでもなく役人が走ってこちらにやってきた。

「戻られましたか」

どうやら私たちを捜していたらしい。

ソードが家を親指で示して役人に聞いた。

「コレ、誰がやった？」

「……それが………」

役人の歯切れが悪い。その反応にソードが眉根《まゆね》を寄せる。

「お前より、上の連中か？」

役人が首を横に振った。

「いえ、そうではなく。…………勇者殿です」

ほう。以前にソードが「まだ現れないだろう」と言っていた勇者が現れて、建物を壊した、と。

はて？　私は首をかしげた。

「――ん？　なんで勇者が建物を壊す？　ここに魔王でも現れたのか？」

じゃないと建物を壊す理由にならないよね？

すると、役人が言いづらそうに教えてくれた。

「……どうやら、【迅雷白牙】様の噂を聞きつけてやってきたようで……呼んでも応じなかったので、実力行使に出たようです。その後王城に参上した、と聞いて今度は王城に向かいました。……今回は犯人が犯人なので、不問になるかと」

そうなのか。すごく優遇されているな、勇者って。そして何でもアリだな、勇者って。

ソードと顔を見合わせた後、ソードは瓦《が》れきと化した家に目を向ける。

「俺たちは借り住まいだからいいけどよ……この建物の所有者はそれで納得するか？」

「するしかないでしょう。天災に遭った、と思うしかありませんよ、まったく……王城は、何を考えて勇者を選抜したんだか」

役人が吐き捨てるように言った。

私は役人の腕をポンポンたたいて慰める。

「まぁまぁ。売れ残りのエールと肴《さかな》をやるからそう愚痴るな。仕事が終わったら仲間と飲め」

「ありがとうございます‼」

役人は途端に上機嫌になったよ。なんだろ、この世界の人間ってお酒好きだよね。売ってるの、あんなにすさまじい臭いのヤツなのに。

私はソードに向き直って伝えた。

「私たちはシャールに泊まろう。折良くいつでも出て行けるよう、荷物は全部シャールに積んでおいたのだ。事と次第では、王城を殲滅《せんめつ》してすぐ旅立つ予定だったからな」

ソードが苦笑する。

「そっかよ。俺も、勇者が現れたと聞いて絡まれる前にすぐ出立したかったし、ちょうどよかったな」

上機嫌の役人から、自分たちの宿舎の脇にある空き地にどうぞ、と言われたので一緒に向かう。

道中、ヤッシという名の役人さんの話を聞いた。

恋人はいるが、商店を継いで二人で切り盛りしてほしい彼女の両親と、王都の役人を続けたい彼とで、なかなか結婚の折り合いがつかないらしい。

「今の仕事に誇りを持っているんです、けれど彼女は商店の一人娘ですし……」

「うむ、いい話だ！」

私が腕を組んで大きくうなずいたら、ソードがけげんな顔で見る。

「え？　むしろかわいそうな話じゃない？」

ちょっとソードったら、別れる前提で話を進めないでくださいよ。

やれやれ、といった感じに両手を広げて首を横に振り、私は説明した。

「別に必ずしも夫婦で切り盛りしなくてもいいだろう。彼女が継ぐのが嫌ではないのなら、そのまま店で働けばいい。ヤッシ氏は、役人を続ける。ヤッシ氏が外で働く分、収入が増えるだろう？　手が回らないなら、その増えた分で人を雇えば良いのだ。彼女が妊娠して働けなくなっても、そのときは皆で支え合えばいい。ヤッシ氏も産まれてくる子のために役人も頑張り、彼女の実家も手伝う。一時的に大変だろうが幸せな大変さだ。乗り越えたなら、絆《きずな》は強くなるだろう」

ヤッシ氏もソードも、びっくりした！　みたいな顔をしている。

私は不思議に思って聞いた。

「なんだ？　よくあることだろう？　例えばメイドは結婚し出産しても、一時的に休みを取るがその後また復帰するぞ？」

この世界って小さい子でも働くじゃん。学校に行くわけでもないし、子どもに手をかけない風習だ。店なんて傾いたら一家が無収入になるのだし、ならヤッシ氏は外で確実に稼いだ方がいいと思うよ。

「……そうですね！　俺、そう言って求婚してみます！」

ヤッシ氏、復活した。

……それにしても、ヤッシ氏はいくつなのかな？　美容製品使う前のソードよりも老けて見えるから、もう子どもが大きいって年齢かと思ったけど。

宿舎に着き、空き地にシャールを駐車させてもらう。

酒とツマミをお礼に渡したら中にどうぞ、と言われたが、さすがに疲れたので辞退した。

「子どもはもう寝る時間だからな」

「俺がいると他の役人たちが緊張するだろ。気にせず内輪で飲めよ」

二人でそう言って見送り、シャールの中に入った。

「今日は、ありがとうな」

ソファに座ってひと息ついたら、ソードにまた言われた。

「好きでやったから構わない。けど、大丈夫か？」

私が聞いたら、ソードは途端にげんなりした顔になった。

「まぁ……。とりあえず、事情を話すわ」

かくかくしかじか。

私は顎《あご》をなでた。

「ふーむ。そうだな、見るくらいなら見てやってもいいが、無料《タダ》でとは言わせんな」

「ワオ。王からも依頼料取る気か」

「当たり前だ。なんで私が無料奉仕しなくてはならんのだ。別に金でなくても構わんが、人にものを頼むからには見返りをよこすのが礼儀だ。そうでない限り、私が動くことはない」

「あ、お前ってそういうやつだよな」

ソードが私限定のように言ってきたので、憤った。

「誰しもがだろう！　ヤッシ氏だって、ねぎらって余り物を差し入れたからこそ、ここに駐めたらどうだと勧めてくれたんじゃないか！」

「そういやそうだったわ」

ソードが納得したところで、私は勇者に話題を移した。

「勇者の扱いだが、建物の有様とその話を聞く限り、出会ったら確実になぶり殺すな」

「大丈夫。俺も『出会ったら殺すかもよ？　ヨロシク』って言っといた」

ソードから許可が出た。わーい。それなら気兼ねなく！

「でも、なぶり殺しはかわいそうだから、瞬殺してあげて？」

って、殺していいけどなぶり殺しはダメって言われたー。なんでだろう。

*

——時は少し遡《さかのぼ》り、ソードが去った後の王城では……。

そこにいる全員が、王城の廊下に出来た大穴を唖然として見つめた。

建築当時、よりすぐりの強固な土を集め、そこにさらに魔術を使い練り合わせた壁材で造られたといわれる、力自慢の兵士や大魔術でも傷一つつけられない王城の壁。それをいとも簡単に壊されたのだ。魔族襲来時も、ドラゴンの攻撃に一度は耐えてみせた壁が破壊された。そのことに全員が自失し、最初に自分を取り戻したのは王であるアレクハイドだった。

「……シャド、急いで修繕の手配をしろ。——皆、よく聞け。この件は、一切の他言無用。決して外部へ洩《も》らしてはならん。王の命だ、わかったな？」

　騎士たちは恐縮し慌ててうなずくが、騎士団長は不満げな顔をしながら言った。

「……それではさっそく、破壊した犯罪者の捕縛に向かい……」

「聞こえてなかったのですか騎士団長？　陛下は『他言無用、外部に洩らすな』と言ったのですよ。ソードを捕縛したところで、罪状をどうする気なのですか」

　シャドは騎士団長の発言を遮り、冷たい目で見る。

　騎士団長はシャドにイライラした。

　王にも不満があるが、シャドが側近として幅を利かせていることはそれ以上に面白くない。自分が権力を握りたいと考えているからだ。それにはシャドが邪魔だった。

　騎士団長はシャドを怒鳴りつける。

「……だが、犯罪者を野放しには出来ないだろう！　やつは最初から王城破壊をたくらんでいた！何が【英雄】だ、大したことないくせに……」

「嫉妬《しっと》ですか？」

　シャドが再び騎士団長を遮り、冷笑した。

　図星をさされた騎士団長は顔を真っ赤にして怒鳴る。

「なんだと⁉　貴様、言って良いことと悪いことがあるぞ！　その生意気な発言をする舌を斬りとばされたくなかったら……」

騎士団長の声はフェードアウトした。王の御前でさすがにまずい発言だった。

「ほう？　私が貴方《あなた》に生意気な口をきくから、私の舌を斬りとばす、と？」

シャドはわざと騎士団長を煽《あお》っている。

この騎士団長という男は、「やめろ」と命令してもソードの捕縛に向かうとわかっている。それは王家への忠誠心からなどではなく、簡単に転がされた自身のプライドと名誉のために行おうとしていることを、シャドは知っていた。

ところが当の本人がそれをわかっていない。

しかも、騎士団長単身ではもちろんのこと、騎士団全員で戦ったとしてもソードには勝てないことも。

昔のソードならともかく、今のソードが大人しく捕縛されるとは思えず、衝突は必至だ。更に、今のソードにはあの傲岸《ごうがん》不遜《ふそん》な相棒がいるのだ。罪状を言わずに捕縛しようとしたなどと知れたら本気で王城を滅ぼしにやってくるだろう。

故にシャドはプライドが高く激高しやすい騎士団長を煽り、口を滑らせるように仕向けたのだ。

シャドは冷たい表情で騎士団長を見下す。

「騎士団長。外部からの侵入者を許し、更に王命に逆らい、そして不穏な発言をした咎《とが》で、一旦《いったん》騎士団長の権限を剝奪、そして謹慎を命じます。十日間、一切の外出を禁止します。他の者も、外部からの侵入者を許した咎で減俸、さらには王城警備の強化を命じます。詳しい沙汰《さた》は文官から書類が届きますので、それまで自室に待機していなさい」

シャドが宣言すると、騎士団長は悔しさと怒りでブルブル震え、シャドを射殺せんばかりの目つきでにらみつけると足音荒く立ち去った。

他の者も慌てて王に騎士の礼をすると、追いかける。

「……なんですか、あの無作法は。王の御前なのに信じられませんね」

シャドが目を鋭くして、去った騎士団長を見つめる。

「そう言うな。……それにしても、助かった。さすがにソードを捕縛するのはまずい。世論もあるし、敵に回すことは避けたい」

アレクハイドが安堵《あんど》の息を吐いた。そして、シャドに向かって笑う。

「十日もあればソードは王都から遠く離れるだろう。騎士団が王都の警護を放置して追いかけるわけにもいくまい。……だが、お前としてはソードを捕縛する側に回りたかったんじゃないのか？」

いたずらっぽく言われたシャドは、咳払《せきばら》いした。

「私も、ソードを敵に回すとよろしくないのはわかっております。ただ、彼の実力と人気は非常に危険極まりないので警戒をしているだけです。――王を脅かす英雄など、この国には必要ありません」

シャドの突き放すような言葉を聞いたアレクハイドは鼻白んだ後、眉根を寄せて反論した。

「ソードは、分をわきまえた男だぞ。それはお前もわかっているだろう」

シャドが黙った。……そう。ソードはそういう男だ。

——出会ってからもう十年は経つだろう。ヤンチャ極まりなかったアレクハイドがしょっちゅう王都の学園を抜け出しては市井に遊びに出かけるため、シャドはヒヤヒヤしつつ、もう一人の付き人とともに付き従っていた。アレクハイド本人は周囲に溶け込んでいたつもりだろうが、平民でないのは完全にバレていた。そして、そのことにより悪漢どもに目を付けられ、誘拐されそうになったのだ。

　そのとき、当時はまだ少年だったソードがアレクハイドたちを助けた。アレクハイドともう一人の付き人は一瞬にして冒険者ソードに心酔してしまったが、シャドはずっと警戒していた。あまりにも実力がありすぎて、さらに孤独だったからだ。

　謙虚なわりにトラブルメーカーで、どこかのパーティに加わっては脱退もしくは解散させていた。そんな男をアレクハイドに近づけトラブルに巻き込まれたくなかった。

　だが、Ｓランク冒険者となり英雄と讃《たた》えられ尊敬の念を一身に集めたのに、まったく変わらず周りに一線を引いて独りでいるソードに、シャドは警戒を解いたのだ。この男はずっとこのままであろうと。だが……。

　シャドはアレクハイドに一礼した。

「わかっております。私も、ソードとは長い付き合いですので」

　……孤独だったソードの相棒になった令嬢インドラ。彼女と関わりソードは変わった。

　参内してひざまずいていたソードからは、貴族たちへの怒りと不満がにじみ出ていた。この場にいる全員を皆殺しにするのではないかとシャドは背筋を凍らせ、参内させたことを後悔したほどにだ。シャドの知るソードの性格では、考えられなかったことだ。

そんなふうになってしまったのは、確実に彼女と知り合ったせいだろう。

以前のソードなら、自分を救出にきたゴーレムが王城を破壊して現れたことに対し、仕方がないと肩をすくめて笑って去るような真似はしなかった。

その変質が怖い。

――アレクハイドが警備の騎士と共に自室に去り、周りに誰もいなくなってからシャドは独りつぶやいた。

「さて、どうしたら良いでしょうか」

*

朝、気配がしたんで俺は起き上がり、着替えて外に出る。リョークはすでに外で待ち構えていた。

リョークが寄ってきて、現状報告をする。

「昨日、王城にいた甲冑《かっちゅう》の人たちがやってきますー」

マジかよ。参ったな。

俺は頭をかいた後、リョークをポン、とたたいた。

「ご苦労さん。さーて、どうすっかね」

王命では絶対にないだろうし、シャドも昨日の話し合いの雰囲気じゃ、表だって敵対する気はなかったはずなんだが……。

王都を脱出するにも、検問所の開門には少し時間が早い。だからこそ向こうはこの時間を狙ったんだろう。

「リョーク、シャールを検問所の前まで運んでおいてくれ」

「あいさー！」

俺はインドラのリョークに頼むと、俺のリョークを連れて朝から甲冑を着込んでいる連中の方へ向かった。

大通りまで出て待ち構えると、騎士団がやってきた。さほど人数はいねぇな。

……となると、本気で捕まえる気はなく、単に俺に脅しをかける気なのかね。それとも、あの程度の人数で俺を捕まえられるとナメているのか。

俺のリョークには光学迷彩で隠れて潜んでいるように指示した。検問所が開門したらリョークに支援をさせつつ俺は撤退し、シャールと合流して王都を脱出する。どこまで追いかけてくる気かは知らねーが、王命でもなきゃ王都を長く離れることは出来ないだろうし、もしも王命で俺たちを追っかけてくるんだったら、インドラがシャドに言い放った言葉を実現するだけだ。

俺は息を吐き、覚悟を決めた。——とは言っても、なるべく穏便に済ませたいんだけどね。

待ち構えていた俺を見て連中が一瞬ひるみ、だが騎士団長が「囲め」と声をかけると、バラバラと走り寄って俺を囲んだ。

俺は連中を一瞥《いちべつ》したあと、口を開いた。

「なんで俺を囲むんだよ。罪状を言えよ」

騎士団長がカッとなったらしい。声を張り上げた。

「生意気な口をきくな平民！　そこにひざまずけ！」

俺はため息をつく。

煽ったつもりなんてないんだが、この騎士団長という男は、沸点が低いらしい。

貴族としちゃ普通だろうが、称号をもらってからの俺を表だって平民扱いする貴族はいなかった。

よっぽど俺を見下したいらしいな。

俺は頭をかくと、

「やなこった」

と言った。

騎士団全員が凍りつく。

俺はさらに続けた。

「つまり、テメーらは朝っぱらからわざわざここまでやってきて、俺を無礼討ちしにきたってワケだ。――ハッ！　そりゃご苦労さん。でも、いくら穏便に済ませたい俺だって、テメーらがそういう気なら唯々《いい》諾々《だくだく》と従って穏便に済ませようなんて考えねーよ。殺《や》る気なら殺るぜ？　この程度の人数で俺をどうにか出来るなんておめでたい考えを改めさせてやるさ」

俺のセリフで、騎士団長以外がひるむ。

騎士団長は、さらに怒りを募らせたようだ。

――コイツ、典型的な威張り貴族だよな。いっくら魔族が襲来したとき名だたる騎士が倒れたからってよ、コレを騎士団長にするとかあり得なくねーか？

「……【英雄】を詐称する貧民が、よくも陛下に唾《つば》を吐いたな。自分が偉いとでも思い込んだか。その腐った頭を破壊して正してやる！　もう一度言う、ひざまずけ！」

何言ってんだコイツ。俺はわざとらしくため息をつく。

「俺は王についてなんも言ってねーけど？　それとも、お前等がここにいるのは王命なのか？　ならアレクハイド王、もしくはシャドに問いただしていいんだな？」

俺を取り囲んでいる連中が明らかにひるんだ。騎士団長も詰まって目をそらしたが、再度俺をにらむ。

「陛下自ら、たかが貧民ごときの処分をいちいち命ずるわけがなかろう。私は陛下の意を察し、貴様を処分する」

そういう弁解ね。

……さて、どうするか。いくら騎士団でも俺を捕縛するには理由が必要だ。だとすると、ここでやり合ってから『俺が暴れてたんで捕縛した』って言い訳する気かもしれねーな。

――ただ、それを命を懸けてまでって考えているかどうかだな。

俺は連中を見渡し、鼻で笑った後にカマを掛けた。

「俺が暴れたんでお前らが出動して俺を捕縛した、とでも後付けする気なんだろうが、お前ら、そもそも俺を捕縛出来ると思ってんのか？　もっとわかりやすく言うと、お前らは魔族よりもドラゴンよりも強いのかよ？」

騎士団の連中は激しく動揺し、互いに顔を見合わせた。

さらに追い打ちをかける。

「この俺が、大人しくお前らの言いなりになるとでも思ってんのか？　——別に俺は自ら【英雄】を名乗っちゃいねーよ。単なる荒くれの冒険者だ。ただし、俺は強いぜ？　ドラゴンや魔族を退け、デーモンをあっさり瞬殺出来る程度にはな。お前ら、俺が本気を出してかすり傷程度で済むと思ってるのかよ。それとも、テメーらは命を懸けて俺をえん罪に落とし込もうとしてんのかよ！」

俺が怒鳴ると、騎士団長以外は戦意喪失した。後退《あとずさ》り、騎士団長を見る。

「……だ、団長。本当に【迅雷白牙】を捕縛するのですか？　彼は救国の英雄ですし、王命でないのならば、【英雄】を捕縛したとして処罰されるのは我々では……」

「【迅雷白牙】は王やシャド様のご学友でしたし、平民とはいえ我ら下級貴族とは格が違います。それに……【迅雷白牙】の実力ならば、我らを倒すことなどたやすいのでは……」

口々に騎士団長に物言いを始めた。

騎士団長はめちゃくちゃ怒ってる。……コイツ、マジで沸点が低いな。

「——貴様らぁ！　俺に逆らったな⁉　軍紀を乱した罰を与えるから覚悟しておけ！」

騎士団長のセリフに騎士団員がビクッとおびえる。それを見て、俺はやれやれと頭をかく。

「——で？　騎士団長さんよ？　俺の罪はいったいなんなんだ？」

俺が気楽に聞くと、騎士団長は歯ぎしりした後、急に陰惨な笑顔を作った。

「…………騎士団員数名を、殺した罪だ」

騎士団員たちの顔が青ざめる。俺は眉《まゆ》をひそめた。

「まだ起きてもいない罪で俺を捕らえるとはね」

「この後起きるのだから同じだろうが。貧民は貧民らしく縮こまり、私の足元にひざまずいて地面を見つめて生きていればいいのだ。周りにおだてられ、自分が偉いと勘違いしている貴様の性根をたたき直してやる」

騎士団長のセリフに俺は呆《あき》れ返った。

「俺の性根をたたき直すために、部下の命を犠牲にするとはな。つーか俺、貧民じゃないと思うけど。お前に、俺の献上品以上の財貨を王に献上出来るのかよ？」

騎士団長はぐうの音も出なかった。そして、逆上した。

「――き、貴様ぁ！　絶対に許さん！」

「なんでだよ」

もう、呆れ返るを通り越したね。騎士団長の沸点が低すぎて、なんで怒ってんのか理解出来ねーよ！

騎士団長は「捕縛しろ！」と合図をするも、団員の誰もがひるみ、剣を抜こうとすらしない。

参ったね。

この茶番の始末をどうつけようか俺が考え始めたとき。

「フハハハハハハハハハハハ！」

聞き覚えのある笑い声が頭上から聞こえてきた。

……目を覚ましたか。こりゃ、穏便にコースはなくなったな。つーか、連中にとっての最悪コースまっしぐらだろ。

俺は大げさにため息をついてから、声の方を見て……固まった。

俺だけでなく、その場にいる全員が固まったな。

――建物の屋根に立っていたのは、全身青緑色で頭がタックルロ《蝗》ーカストの魔物だったからだ。

「我こそは正義の味方！　仮面ｒ……仮面幼女ーである！　罪なき民を救うため参上した！　さあさあさあ、悪の軍団よ、覚悟せよ！」

朝日を背にした二足歩行の人型タックルローカストは宣誓すると、変なポーズを取った。

俺たち全員、口を大きく開けたまま動けず。騎士団長ですらおんなじ表情だよ。

タックルローカストに扮《ふん》したインドラは、俺たちの反応を不思議に思ったらしい。変なポーズをやめて、首をかしげた。

「……うむぅ？　なんだその反応」

当たり前だろうが！

俺は怒鳴るのをなんとか踏みとどまり、どうするかを高速で考え始めた。

少なくとも、あの格好じゃインドラが名乗らない限り、俺の相棒だとは騎士団の連中にはわからないだろう。インドラにしちゃ、気が利いてる演出だ。……なら、好き勝手にやらせてもいいか。

俺が結論を出したと同時に、インドラが動いた。

「とぅっ！」

かけ声をかけて、屋根から飛び降り俺の真横に着地した。

「仮面幼女ー、見、参！」

――近くで見ると、ますます不気味なんだけど。

一斉に騎士団の連中が退く。俺もつい後退《あとずさ》ったよ。

「なんだその反応は⁉」

と、不気味なタックルローカストが叫ぶ。

幼女の声だからより不気味。

騎士団長すら顔をひくつかせて後退ってるんだぜ？　俺も下がってるけど。

これって中身はインドラだよね、インドラであってほしい、いやむしろ魔物だったほうがいいかも、のタックルローカストが憤然と俺を見るから、俺はつい両手を上げて言っちゃった。

「ごめん。コワイからこっち見ないで」

「キ――――ッ！」

タックルローカストがヒステリックな声を上げると、いきなり俺に近付き……抱き上げた‼

「おわっ⁉　何すんだよ⁉」

驚く俺にタックルローカストが顔を近づけ、何を言うかと思えば。

「姫、助けに参りました」

「俺、男だし、しゃべるタックルローカストに知り合いなんていないし」

即ツッコんだ。

するとインドラであろうタックルローカストが首をかしげる。

「タックルローカスト？　……あぁ、蝗《いなご》のことか。うん、まぁ、虫っぽいよな」

虫そのものだと思うけど。ダンジョンの昆虫エリアにいたのより不気味なんだけど。

「ちょっと、降ろしてよ。あと顔を近づけないで。コワイから」

俺はインドラに訴えたが聞こえないフリをされた。

「貴様ら！　これ以上罪なき民を苦しめるのならば、この仮面幼女ーが相手をしよう！　さぁ、かかってくるがいい！」

インドラが騎士団を煽《あお》ったが、無理だろ。

俺だって不気味すぎて躊躇《ちゅうちょ》するもん。沸点の低い騎士団長ですら気味悪がってんのに、誰が相手をするかよ。

全員がインドラを魂が抜けたような表情で見つめているので、インドラも攻撃しづらくなったようだ。むくれた声を出した。

「……むぅ。まぁいい。罪なき民を救ったことでヨシとしよう。では姫、参りましょう」

「ちょっと降ろして。繰り返すけど俺、男だし、不気味なタックルローカストに知り合いなんていないし」

俺が降りようとするもインドラは俺を放さず、

「とぅっ！」

と再びかけ声をかけて、屋根に跳び乗った。

「降ろしてっつってんだろうが！」

俺は怒鳴ったが聞かず、インドラは、

「――加速装置！　……あ、出典間違えた」

とかワケわかんねーことを叫んだ後、勢いよく走った。

*

目を覚まして窓から景色をのぞくと、そこは王都の正門の前だった。

ソードがいないので、やつが運転してここまで運んだのかなと思ったら「僕がやりました～」とリョークが自己申告してきた。ついでに現在の状況を報告してくれた。

ふむふむ。現在、ソードと騎士団が交戦中とな。

うーむ。なんと楽しいことを独り占めしているのだソードは。おまけに、ソード一人だとソードが悪者にされる未来予想図しか見えないぞ。これは、正義のヒーローの出番だな！

――と、ここまで考えた後、唐突に思いついた。

正義のヒーローは、顔を隠さないといけない。そして私は青緑が好き。

アレだな！　飛蝗《ばった》の仮面のヒーローコスプレをしよう！

急いで全身タイツ＆飛蝗の仮面を製作し、出来上がり！　さっそく試着し、だいたいオッケー！

「お母さん、かっこいいですー」

と、リョークも褒めてくれたので気を良くする。

「仮面r……ではなく、仮面幼女ー、出動！」

ビシ！　とポーズを決めた後、リョークに案内されてソードの下にやってきた次第。

カッコいい登場は、やっぱり朝日をバックに屋根の上からだよな。と思って屋根の上に跳び乗り、頃合いを見計らって高笑い。注目が集まったところで、カッコよく決めポーズ！

なのに、ソードを含むそこにいる全員が『ポカーン』を見本にしたみたいな顔で私を見た。

「何者だ⁉」くらい言ってよ。お約束が通じないやつらだなぁ。

思った反応を示してくれない連中の扱いに困り、とりあえずはソードの救出を最優先にした。

かかってくるなら喜んでお相手するのだが、私におびえ怖がっているようなので戦いづらい。それにソードが昨日から心労に心労を重ねているのであんまり大暴れしてもなぁ……と気を遣ってソードをお姫様抱っこして、正義のヒーローの救出劇を繰り広げて今ココです。

シャールの前に到着し地面に降ろすと、ソードが怒鳴ってきたよ。

「インドラッ！　なんの真似だよ⁉」

私はチッチッチ、と舌を鳴らし人差し指を振る。

「今の私は正義の味方、仮面幼女ーだ」

ソードはめっちゃイラッとしたようで、いきなり私の指をガッとつかむとギリギリと締めつけてきた。

「いたいいたいいたい。――正義の味方は素顔をさらさないものだし、実はヒロインのそばにいるごくありふれた人間だったりするものなのだ」

私が解説すると、ソードが私の仮面をむしり取ったぞ！　ついでに怒鳴ってきた。

「なんってこんな不気味な仮面を被って喜んでんだよお前は！　虫好きにも程があるだろうが！　ダンジョンにだってお前より不気味な昆虫なんかいなかったわ！」

ソードがひどいことを言うぞ。

私が頬を膨らませると、片手で私の頬をつかんだし。ブヒュッって空気吐いちゃったよ。

さらにソードが続ける。

「……それに、ヒロインってな誰のことだオイ。俺とか抜かさねーよな？」

「ぶぶぶぶぶ」

聞かれても私、ソードにほっぺたを押されてしゃべれないんですけど。

アヒル口でパクパクしていたら、ソードが急激に気の抜けたような表情になって手を放した。

ほっぺをさすりつつ、私は聞いた。

「ほう。お前も物語を読んだりするのか」

ソードが首を振った。

「貴族は本を持っているんだろうが、平民はもっぱら読み聞かせだよ。質の良い教会ならやってる」

ふーん。そうなのか。それでヒロインの意味がわかる、と。私が納得してうなずいたらソードがにらんできた。

「で？　ヒロインってのは誰のことだよ？」

私は騎士が女性にする挨拶《あいさつ》をソードに向けて披露した。

「姫。ご無事で何よりでぎゃー！」

ソードが私の頭を思いっきりつかんでアイアンクロー‼　しかもそのまま持ち上げた！

ぎゃーぎゃー騒ぐ私を無言で運ぶソード。

シャールに乗り込み助手席に私を放り投げて、ソードは低い声で言った。

「二度とふざけたことを言うんじゃねぇ。――王都を出るぞ。騎士団に追いつかれたらめんどうだ」

うぅ。ソードが怖い。

私は頭をなでつつうなずいた。

十章

王都を出立した。

そもそも、昨日までに大体のことを済ませておいたので（ダンジョンコア様にも人型ボスにも、王城がうるさいから殲滅《せんめつ》してこの国を出るかもーと前もって挨拶していたし）昨日飲んだ連中とはちゃんと挨拶していないけれど、ま、冒険者とはそういうものだ！　さらば！　全部騎士団が悪い！　ついでに勇者も悪い！

私、実は勇者にちょっと会ってみたかった。けどソードが一緒だからね……。王城の件でストレスを溜《た》め、さらに騎士団とのぶつかり合いでストレスを溜めたソードに追い打ちをかける真似はさすがにしない。私一人なら喜んでお相手した。

……というか、本来はエンカウントしていたはずなんだよね。私がソードのお出迎えを思いついて飛び出さなければ……！

最近、トラブル運がない。以前はあった気がするのに、ちくそう。

私ってヒロインにはなれないタイプかよ！　不幸が避けていくぞ！　ばっちこい！

——って考えていたらソードに声をかけられた。

「どうした？」

「んー……。昨日、勇者と見《まみ》えていたはずなのになぜすれ違ってしまったのか、と考えていた」

私の話を聞いたソードが呆《あき》れた顔をした後、無表情になったので手で制す。

「わかっている。疲れているお前をさらに疲れさせる真似は控える」

「あっそ。いたわってくれてありがと。俺を姫扱いしてとどめを刺してきたやつが言うセリフとは思えねーけどな！」

ソードが吐き捨てるように言った後、急に表情を緩めてクスリと笑った。

「……確かに。お前ってトラブルを自ら招こうとしてるくせに、トラブルはお前を避けてくよな？逆に運がないのかね」

ショボーン。私は肩を落としてうなだれた。

「そうなんだ……。これが物語の主人公ともなれば、絶対に、絶対に巻き込まれたであろう定番のイベントが私を避けて通っていく。なぜだろうな？」

「日頃の行いだろ」

ソードが言い捨てたのだけれど、それは、どういうことかな？

私は首をかしげてソードに聞いた。

「私の常日頃の善行が、トラブルを招かないのか？」

「違うよバカ。日頃、お前に絡んで来たやつをどう拷問してやろうか、なんて楽しげに語ってるから、トラブルが避けてくんだよバカ。誰だってそんな目に遭いたくねーよ、バカ」

バカって何回って言われたかな！

私はちょっとむくれた後、ソードに尋ねた。

「むぅ。……まぁいい。それで、これからどうするのだ？」

ソードは「うーん」と、軽く伸びをしてから言った。

「まずはとっとと王都を離れよう。連中もまさか王城の警備を放置して俺たちを追っかけ回すとも思えねーし、シャドや王が連中の首に縄をつけるだろ。つけなかったら、そんとき考えるさ。それから次は……お前の喜びそうな場所を巡るか」

そうか！　そうなのか！

私は万歳し、ソードは私を見て笑う。

さーて、次はどんな場所を巡るのかな。楽しみだ！


〈了〉

あとがき

ご無沙汰《ぶさた》しております。作者のサエトミユウです。

二巻をお買い上げいただき誠にありがとうございました！

一巻からだいぶお待たせいたしました。早めに続刊の連絡はいただいたのですが、スケジュールの都合でお待たせすることになってしまい申し訳ありません。そして、お待ちいただきありがとうございます！


表紙は、ブロンコとソードとインドラ、そしてファンタジーと言ったらこの魔物でしょう、のワイバーンです。仲間ではないですよ～。むしろこのあとインドラさんにかわいそうな目に遭わされます。合掌。

テーマは七つの竜玉を探す漫画のような、ワクワクした二人の旅路です！　いやぁ、イラストを見てどストライクに心を撃ち抜かれました。

表紙ではキメ顔でカッコいいソード、この巻でようやく年齢が発覚しました。サブタイトル詐欺がひどいですね。でも、小さい子からしたらきっと二十代も四十代もおっさんには違いない、気がします。そしてインドラは十歳。幼女と言い張るには無理がありますが、無理を通します。

さて、前回は王都手前で引き返した二人ですが、この巻でようやく王都に到着しました。

今回は、旅が進むにつれてソードは悩みつつも自由に生きるべく懊悩《おうのう》を吹っ切ったり、インドラはますます割り切りと暴走に磨きがかかっていたりしているのですが、そのあたりを強調するような物語にしてみました。あとはですね……ｗｅｂ版を掲載時、ソードの不人気度が加速しすぎていたんですよ。その歯止めをかけるために、インドラにソードをめっちゃヨイショさせたんですよね。人が違ったみたいに褒めて褒めて褒めちぎってました。修正しました。


書き下ろし部分にも触れたいと思います。

まず、カレンの部分についてはもともと考えていたストーリーでして、そういえばｗｅｂ版に載せていなかったなーと思い書籍に入れ込みました。カレンさん、ソードに好意を持つ女性の中ではかなりまともな人物で、立派になったソードと再会してもハニートラップに持ち込まないあたり、とっても常識人かと思います！

デーモンですが、最初の構想では『仲間になり、インドラが気軽に呼び出して使役する』というお話を考えていたのですが、インドラの無双が過ぎて呼び出すタイミングがなく、呼び出すという約束をさっそく果たした後、もう一度、精神界へ送り返すことになりました。ごめんねデーモン。

最後の書き下ろしは、脱出前のひと悶着《もんちゃく》です。この物語の谷部分って前巻もそうでしたけど、最初に書いたストーリーと違うお話になるんですよね。

最初はｗｅｂ版に登場していない勇者を登場させる予定でしたが、お話が重く長くなりまして、没案になりました。勇者の登場はまた次の機会にとっておきましょう。
「物語の谷とはいっても、シリアスにならなくていいですよ」という編集さんのお言葉に甘えて書き始めたら、あんなんになりました。作者としてはすごく気に入っています。

　作者が小説を書く場合、漫画のようにシーンが浮かびます。それに肉付けしたり前後のストーリーをつじつまが合うようにしたりして文字に変換しています。それがデフォルトなのですが、たまーぁに、ふっと「あ、こんなふうにしたら面白いんじゃね？」というアイディアが浮かぶときがあります。最後の書き下ろしはそんなふうに思いついたお話です。そして、インドラさんの被った仮面はリアル蝗《いなご》にかなり似せて作った上に赤い複眼にしたので、超不気味だったと思います。

　最後に、拙作のために東奔西走《とうほんせいそう》してくださった編集のＩ氏、あまりに素敵すぎてリアルに悶絶《もんぜつ》してしまった挿絵を描いて下さった又市マタロー氏、執筆の息抜きと癒やしになってくれ続けた愛猫（故）、そして、応援をしていただきご購入いただいた読者の皆様にも厚くお礼を申し上げたいと思います。拙作をお読み下さり、ありがとうございました。

二〇二一年初秋

サエトミユウ

カドカワBOOKS

オールラウンダーズ!! 2
転生《てんせい》したら幼女《ようじょ》でした。家《いえ》に居《い》づらいのでおっさんと冒険《ぼうけん》に出《で》ます

2021年9月10日　初版発行

著者／サエトミユウ

発行者／青柳昌行

発行／株式会社KADOKAWA

〒102-8177
東京都千代田区富士見2-13-3
電話／0570-002-301（ナビダイヤル）

編集／ビーズログ文庫編集部

印刷所／暁印刷

製本所／本間製本

Printed in Japan
ISBN 978-4-04-736731-9 C0093

新文芸宣言

かつて「知」と「美」は特権階級の所有物でした。

15世紀、グーテンベルクが発明した活版印刷技術は、特権階級から「知」と「美」を解放し、ルネサンスや宗教改革を導きました。市民革命や産業革命も、大衆に「知」と「美」が広まらなければ起こりえませんでした。人間は、本を読むことにより、自由と平等を獲得していったのです。

21世紀、インターネット技術により、第二の「知」と「美」の解放が起こりました。一部の選ばれた才能を持つ者だけが文章や絵、映像を発表できる時代は終わり、誰もがネット上で自己表現を出来る時代がやってきました。

UGC（ユーザージェネレイテッドコンテンツ）の波は、今世界を席巻しています。UGCから生まれた小説は、一般大衆からの批評を取り込みながら内容を充実させて行きます。受け手と送り手の情報の交換によって、UGCは量的な評価を獲得し、爆発的にその数を増やしているのです。

こうしたUGCから生まれた小説群を、私たちは「新文芸」と名付けました。

新文芸は、インターネットによる新しい「知」と「美」の形です。

2015年10月10日
井上伸一郎

聖獣と一緒!
～ダンジョン内に転生したからお店開くことにしました～
時潟 ill わたあめ
転生したら5歳の幼女になっていた元・女子大生のルイ。目が覚めたらそこは異世界の最凶ダンジョン、隣にはリスみたいな聖獣さんがいました……!?　相棒の聖獣・テクトと一緒に健やかダンジョンライフ、目指します!

カドカワBOOKS
最凶ダンジョン内で
3食おやつとお昼寝つきの
健やかライフ、目指します！
シリーズ好評発売中!!

実は最強の加護を持つ
悪役令嬢、
楽しい村作り
はじめます♪
B's-LOG COMICにて
コミカライズ連載中!

加護なし令嬢の小さな村
～さあ、領地運営を始めましょう！～
ぷにちゃん ill. 藻
乙女ゲームの世界で、誰もが授かる“加護”を持たない悪役令嬢に転生したツェリシナ。待ち受けるのは婚約破棄か処刑の運命 ―― それならゲームの醍醐味である領地運営をして、好きに生きることにします！
カドカワBOOKS